Ludwig Weibel
Quellgrund reiner Güte
Seinsharmonisches Geflüster

Books on Demand

Bibliographische Information der Deutschen Nationalbibliothek. Die Deutsche Nationalbibliothek verzeichnet
diese Publikation in der deutschen Nationalbibliogra-
phie, detaillierte bibliographische Daten sind im Internet
über http://dnb.dnb.de abrufbar.

© 2015 Autor: Ludwig Weibel
Herstellung und Verlag:
BoD – Books on Demand, Norderstedt
ISBN 9783738620450

Ludwig Weibel

Quellgrund reiner Güte

Inhalt

1

Vom Geistgefühl beseelt

1.1

Dich und alle Welt heiss Ich willkommen in der Meinen, die vom Geistgefühl beseelt ist und vom Heiligen, das Ich in ihr verbreite. Vom Minarett der guten Hoffnung schallt Mein Ruf nach Friedefertigkeit in allen Daseinsregionen, die in Meines Willens Observation und Schub, Bekenntnis und Befruchten stehn. In Mir ist weder Ursach noch Entscheid zu randalieren, rücksichtslose Kräfte zu verpulvern und Vandalenakte zu begehn. Wo Sinn zu Sinn sich findet, blüht Begeisterung am Sein und Leben auf und jeder sprossende Gedanke strebt der Verwirklichung von Schönheit, Eleganz und Liebenswürdigkeit entgegen. Viele Wackere sind längst auf den Geschmack gekommen des gemeinsam Inszenierens warmer Menschlichkeit in auserlesnen Situationen, wo rasche Hilfe und rasanter Einsatz vieler Kräfte nötig waren. Ich befördre die Vernunft, wo immer Rätselhaftes sich bemerkbar macht und finde Lösungen von offensichtlichem Genie und seinsbrillanter Denkkraft, die von Ätherräumen in die Wirrnisse der Menschenwelt herniederstürzen.

Meines Trachtens Virulenz und Güte lassen auf Allherzlichkeit und Tugend, Duldsamkeit und reine Liebe schliessen. Erkläre Mich zu deinem Ideal und du wirst allsogleich gewahren, wie es allenthalben aufwärts geht in deinem Dich-Begründen. Du wirst in ein erlesnes Feingefühl und eine Grazie ohnegleichen münden gegenüber allem, was da kreucht und fleucht und für sich Werbung macht in der unendlich variationenreichen Blüte allen Lebens.

Neid kann es auf Meinem Niveau nicht mehr geben, weil Ich Mich in jede Geste, die geschieht und die sich in sich selbst beglaubigt, eingenistet habe. Alles kommt und geht, wie Ich es will in wunderbarer Losgelöstheit von jedwelchem Druck und Sich-Beklagen. Es ist die Einheit aller Dinge und Gewalten, die sich hier zur Minne des Gerechtseins findet und Genügen, Seelenseligkeit, Getragenheit und Würde generiert in Meinem Sinn und Geist und Meinen aberwerten Gnaden.

Bedenke, dass du nichts vermagst in eigener Regie, wenn Ich nicht tüchtig mit dir nach Verträglichkeit, Beglückung und Vollendung stosse in den Werken deiner schaffenden Magie im Kultus der von Mir Verklärten. Sei und sei Mein Herold der Genügsamkeit und Seelenaugenfrische, der Gottseligkeit und Harmonie, wo immer du dich äusserst und das Äussere verinnerlichst in der Gestaltung gottbegnadeter Verbindlichkeit, Erhabenheit und edelmütigen Friedens.

1.2

Integriert? Es keimen dir die Geisteswürzelchen, mit deren Hilfe du dich ausserordentlich geschickt im Seinsgewissen etablierst und graziöserweise in ihm Fuss und Wurzel fassest, lauter, selbstbewusst, begeistert und gediegen. Bald nennst du dich geliebter Schössling der Allherrlichkeit im Feld der hunderttausend Gnaden, Gaben und Beförderungen deiner Existenz. Gewaltiges geschieht, wenn einer sich des Seins im Jenseits aller Dinge inniglich gewahr wird und daraus ein Leitbild für das Künftige durch Generationen sich verbreitende Entfalten und Verhalten konstruiert, an das er sich als an ein Sakrosanktes halten kann in allen noch so wirren und verfahrnen Situationen.

Hättest du doch jetzt das Flair, zu solcher Einsicht und Verbindlichkeit, Gedankenfülle und Sanierung deines Wesens zu gelangen, die als grosse Wende dein Geschick bestimmt und einbricht mitten in dein Leben. Wahrlich sag Ich dir, es muss ein Held aus deiner konsequenten Ritterschaft geworden sein, mit deinem Wachsen an dir selbst und der Gebärde seelenvoller Lauterkeit, die sich daraus begründet. Ich fasse dich beim Schopf der Schönheit deines Wesens und ziehe dich voll Zartheit Meinem Reich der Mitte zu, in dem sich fürstlich, feierlich und friedlich leben lässt im Seinsumfangen, wie in der feingefühlten Tröstung, die es dir gewährt.

Folglich ist das Fraglos-Glücklichsein der Wert, der dich von Mir beseelt und der dich dazu führt zu wissen, dass es nur ein Einziges, Persönliches im Weltall gibt und das Bin Ich mit allen Konsequenzen und Begünstigungen, Liebesmälern und Erhabenheiten, die daraus erstehn. Du flüsterst deinem Sein das alles überstrahlende Ich Bin entgegen und veräusserst dich darin, bis an die Grenzen allen Seins und Wesens im glückseligen Allhier. Gewissen ist Gewissheit von dir selbst, als universenflutendes Gewirk und Geistesstrahlen, von Mir ausgesandt und wieder in Mich heimgenommen als in einem festlichen Rituale und Vollzug von unvergleichlichem Bedeuten und Erheben. Ich mache wahr, was dir schon lange durch die Sehnsucht deiner Träume schwebte und du besiegelst das unendliche Relieve, das im Erreichen Meiner Gutheit, Würde, Wonne, Seinswahrhaftigkeit und Herzensgüte liegt, die Ich so traulich propagiere.

Gesagt, getan sollst du dir immerfort getreulich repetieren und dich dabei dem Fortschritt weihen, der zum Einen und Gelassenen markant und innig führt, zur ewigen Labsal, Meisterschaft, Verklärung, Seligkeit und Seelenharmonie.

1.3

Eben da, wo Ich dich rufe, ist die Stelle reiner Göttergunst an Meine Bürgen der Holdseligkeit im Ätherblauen. Es gilt, in deinem Sein den Ausweg ins Unendliche zu finden, der sich als geistiges Parkett der Könige erweisen wird, auf dem die so Begnadeten begeistert hin- und widerlaufen. Ich baue darauf, dass du Meines Drangs und Sangs gewahr wirst, der dich führt zum Quellgrund reiner Güte und zum seinsnatürlichen Idyll, an dem die Wässerchen der Fabelhaftigkeit sich glitzernd und galant zum Silberfluss und Meersein der Vollkommenheit vereinen. Du lässest dich beglückt an seiner grünen Seite nieder und geniessest dort das schweigende Geflüster der Natur, die in sich stimmig ist und leis und zärtlich und erhaben in sich ruht.

So liebt sich das Bescheidene, genauso wie das majestätisch Hochgewachsene in Mir. Gezielt und frei gestaltet ist, was Ich Mir überall erbilde und dem Eigenwirken überlasse im Vertrauen auf die bodenständige Vernunft, die Ich ihm mit auf seinen Weg gegeben. Wird ihr gebührend Anerkennung und Tribut gezollt, vermehre Ich ihr Gluten um ein so Beträchtliches, dass sie sich schliesslich als genial und meisterlich erweist in Meinem Tal, wie auf den Höhen puren Lichterscheinens.

Unvernünftiges bremst sich im Wesentlichen selber aus, indem der Wirrwarr, den es stiftet, keinen Fortgang möglich macht und viele hoffnungsvolle Triebe in der Tat verdorren, ob dem Mangel an geziemender Genährtheit im Allhier.

Wendest du dich Mir und Meiner väterlichen Eloquenz entgegen, wirst du allen Weistums innewerden, das dich erfolgversprechend, seinsbeglückend und galant von Mir beseelt und dir erlauchte und beglaubigte Begriffe sendet. Wahrlich sei dir noch gesagt, dass Meine Lehre Lichtheit und Lasur, Identität und Gleichheit stiftet von des Innewohnens Rang und Namen und der Götterherrlichkeit, die es beseelt.

Du sollst auch offen sein für alles seinssubtile Dich-Ermahnen, das von Mir in dein Gewissen strömt und dich zurückhält vor dem Unanständigen und Unbeständigen, das dich Mir entfremden will mit seinen eigensüchtigen Ambitionen. Trau und schau dem auf die Finger, der dir was verspricht, um es dann nicht zu halten und der Versagen produziert am Laufband im allmenschlichen System.

Mir hingegen fällt nicht ein, Mich in Mir selbst zu hintergehn. Das muss Ich Mir nicht erst beweisen und so ist denn in jedem Fall bekömmlich, was dir von Mir zukommt und was ehrlich, redlich und rasant das Budget bessert, das Ich dir treulich vorgegeben.

So walle denn bedächtig und andächtig über Meiner Götterfliesen Zahl und erlabe dich am Glanz, den sie dir liebevoll entgegenstrahlen.

1.4

Rambo Zambo Spieler sind zuhauf vorhanden im Gefälle Meiner Ich-Natur. Lass sie walten, lass sie wüten wie sie wollen: Ihre Wucht verpufft sich an sich selbst, das heisst, an Mir. Denn die Widerspenstigen, wie die Guten, haben es mit Mir zu tun, so dass du bauen kannst auf was Ich ihnen Bin und biete. Es ist noch keiner Meiner Pappenheimer ungeschoren oder unbelohnt davongekommen in dem Kräftemessen, das in Meiner Wesenswelt geschieht.

Redlich, unbefangen, stürmisch und loyal Bin Ich in allen Lebensrunden, auch in dir und benedeie, wo du gut bist und verdamme, wo du fehlst. Um was die andern fehlen, brauchst du dich beleibe nicht zu kümmern, denn nur Ich Bin dazu ausersehen und befugt, Mich um ihr Wohl und Weh zu kümmern in der Glut und Spannkraft ihrer Erdentage.

Betrachte alles als von Mir gegeben und geführt, was dich und deine Lebenswelt betrifft und handle nach Gesetz und Ordnung unter deines Sachverstands Regie. Pausenlos Bin Ich bei dir und schau auf deine Finger und dein Herz, um dir aus dem Empfinden deiner Taten Seelentröstung oder Unruh zuzuweisen.

1.5

Einer Sprache zum Fluss und einer Menschheit zum Angedenken soll sein, was Ich hier erwähle und erzähle, manierlich mache und verwerfe im Gedankenbildnis, das Ich dir zitiere. Wach auf, wach auf verehrte Seele, lass Ich Mich vernehmen und erkläre dich als fähig und geschult, vor Meines Angesichtes Leuchten unaufhörlich das Ich Bin zu rezitieren im Sinn der Dominanz der Götterherrlichkeit in dir.

So lass Ich's gut sein, wenn die Dinge der Allherrlichkeit mit Meinem Sinn in eins verschwimmen und die Qualität des reinen Seins vor Meinen Seelenaugen aufbricht und sich Mir zum glänzenden Triumph gestaltet über jeden Defätismus, jede Minderung und jede Unglaubwürdigkeit in Meines Seinsgewissens Arsenal.

Ich steh in Gottes Licht und Gnade darf Ich singen und dabei den Hauch des Wohllauts spüren, der Mich von Ihm seeleninnig, seinsbeglückend, sanft und leis berührt. Er heisst Mich, Mich am Sein zu weiden, das Ich in Ihm Bin und das den wunderbaren Einklang bildet, mit dem Ich Mich dem All verbunden seh.

1.6

Nolens volens Bin Ich in den Sog der Myriaden Wünsche und Verstiegenheiten vieler Weltenwanderer geraten, die ihr Heil im Lapidaren Fordern und Vergnügtsein sehn. Was andres kann sie heilen, als dass Ich ihrer Selbstgefälligkeit und Ungeniertheit voll entspreche und sie mit allem überschütte, was sie unbedingt ergattern wollen im allweltlichen Getriebe. Denn, was ist logischer, als dass sie sich mit alledem, was ihnen zukommt, überfüttern, währenddem sich ihr Bewusstsein füllt mit dem beständigen Besorgtsein um ihr Hab und Gut und um den Fortgang ihrer Wohlbekömmlichkeiten. Mählich muss das Viele zu der Einsicht führen, dass allein Nicht-haben-Wollen glücklich macht, wie Das-sich-Befreien von der Gier nach mehr und mehr.

Diesen raune Ich verschmitzt und aufgeräumt entgegen: Lasst euch in den Sinnkreis Meiner Weiten fallen und verlangt nicht mehr, als Mich zu fühlen im Lichthauch der Unendlichkeit, wie in der Gleichgestimmtheit eures Seelenseins und Wirkens mit dem Meinen.

Darin erfahren sie das Schickliche und Wohlerwogene, das sich aus Meinem Mich-Begründen in alle Himmel aufhebt und mit ihm die Träger des Gewissens von der Wohlfahrt, die im Anspruchslosen liegt, sowie im Spürsinn nach den echten Werten, die da sind: Entsagung vom Zuviel in allen Lebensweisen, anerkennen einer höheren Instanz und Weisheit als der eigenen und schliesslich das Gewinnen des Verbundenseins mit Mir in Innigkeit und seinsglückseligem Gewahren.

Was macht die Lebensdinge reich und schön? Die Einsicht, dass ein Unvergängliches sich hinter ihnen etabliert und ausgesprochen hat in graziösem und unendlich liebevollem Sich-Verspielen. Wenn's nun mit Bescheidenheit, Verzicht und Offensein dem himmelhohen Gegenüber besser geht, weshalb soll man es nicht auf diese Art versuchen?

1.7

Marktfrisch und gesund will Ich dir alleweil verkaufen, was vor Meiner Seele Schaukraft, reifen Früchten gleich, platziert ist, um die Welt im Gang zu halten und den Menschengeist zu nähren nach dem Motto: Wohl bekomms und Glück sei dir dazu beschieden.

Was Ich unterstreiche, ist der Vers: Vernunft und Selbstvertrauen zählen auf die höheren Gewalten; Heiterkeit und Herzensfrieden sind das Hochgebot, an das du dich voll Eifer und Ranküre halten sollst, als an einem Grundgehalt an philosophischem Kalkül, mit dem du deinem Leben Sinn und Würze, Durchschlagskraft und Harmonie verleihst.

Ich verschwende Meine Worte nicht, um dich zu reizen oder reizendes Geplänkel vor dir her zu sagen. Hingegen ist es Meine Absicht, deinen Geist aufs Trefflichste, Entschiedenste und Wohlbekömmlichste zu bilden, damit dein Weltverständnis dem von Fürsten, Helden, Freiheitskämpfern, Seinsverständigen und Göttern gleicht in der Galerie der Mächtigen von Meinem Rang und Namen, Meinem Herzblut und Profil.

Blick auf das, was du erreicht hast, geistesstark und tatenträchtig in allherrlicher Manier und weise dich zurecht mit dem Gedanken, dass im Grunde alles ein Geschenk des Himmels ist, der dir soviel Gewandtheit, Mut, Erhabenheit und Geisteskraft verliehen. Er spendet und ich gebe aus, sollst du dir sagen. Er wirkt und ich verwirke seine Gaben, ohne zu bedenken, wessen Teil sie sind und welchen Ursprungs sie sich rühmen können. Denn das

Menschenkind bedenke: Alles ist von Mir gesponsert und voll Freimut hingegeben, ausgeteilt und anerboten, herzensgut und liebevoll und wahr. Kein Jota fehlt bei dem, was Ich vertrauensvoll und weltenübergreifend generiere und im abergrossen Räderwerk platziere, das Mein Ein und Alles ist und Meine Hochgeburt, Mein Sein und silberhelles Strahlen. Erweise du dich würdig, Meiner Schöpferkraft Gefährte und Vasall zu sein in wunderbarem Einklang mit der göttlichen Gebärde, die Ich allem Menschentun verleih, wenn es nur Ehrfurcht zeigt und inniges Verständnis dessen, was Ich Bin in allen Dingen und Gegebenheiten, allen weisen und gelehrten Häuptern, wie in aller Herzlichkeit und Wohlgesonnenheit, die sie verbreiten.

Ehrfurcht zeitigt Seinsvertrauen, Seinsbewusstheit das Verständnis Meines Regelwerks und Meiner geisterfüllten Poesie, mit der Ich alles schön und schicklich, heiter und glückselig mache in den Tiefen Meiner selbst, allwie in den Gemütern, die Mich recht und seeleninnig, gläubig, treu und dankbar im Allinnersten begreifen.

1.8
Was gelingt, ist immer auch die Ursach für ein sanftes Lächeln oder einen dezidierten Freudenruf. Den Meinen fasse Ich im Weltpoetischen zusammen, das Seelenstärke darstellt, seinsharmonisches Geflüster und bedeutungsvolles Wortverspielen.

Begeistert führ Ich aus, was Ich in Meiner Schau und Schöpferkraft entwickelt habe. Ein schönes, feines Weltverstehn tritt dort zu Tage, wo sich Mein Gemüt im Menschentum in liebevoller Einigkeit zusammenfindet zu gemeinsam ausgeführten

Taten in der Reederei der guten Hoffnung und der Wohlgesinntheit unter vielen.

Willst du Blumen streuen, hast du vor dem Angesichte Gottes ein bewundernswertes Publikum, das deine Sache honoriert mit Freudgefühlen, die es dir versendet und mit dem Lächeln der Unendlichkeit, das lilienrein in deiner Seele aufblüht und den Nimbus nährt, den Ich vertrauensvoll um Mich verbreitet habe.

Hast du gesehn, wie zart und zärtlich sich ein jedes Mutterherz um die dezente Wohlfahrt und Bekömmlichkeit des Neugebornen kümmert? Desgleichen hütet und umwebt Mein Muttersinn die Unbeholfenheit der Menschenwesen, rührend und ergreifend anzusehn. Denn der Spruch von den gezählten Haaren auf den Häuptern gilt noch immer und ist denn keine eitle Mär aus längst versunknen Tagen. Mir ist alles, was geschah, geschieht und sich noch etablieren will, ein einzigartig Panorama der Allmenschlichkeit, wie der Entschiedenheit der sprossenden Natur in ihren Rängen und Bewusstseinsstufen, Leutseligkeiten und manierlich aufgeputzten Strategien.

Ich Bin alleweil das Heil, darf Ich von Mir behaupten und dabei betonen, dass Mein Angesicht, wie eine Sonne, alles überleuchtet, was da ist und was in kosmischer Gesammeltheit daherkommt, als von Mir gezeugt und wunderbarerweise in das All geschrieben. Meine Ansicht vom allweltlichen Geschehen ist nicht lau, doch inniglich durchströmt von Herzenswärme und allherrlichem Begüten. Recht vernünftig ist es deshalb, Mich als Vater, Mutter, Liebender und Seinsvermählter zugleich zu bezeichnen, der in allem wirkt und west und allem eine Stütze ist von unermesslich weitem Überragen.

Und dennoch ist es, dass Mein allerwertestes Gebet den Wunsch nach Weiselosigkeit und Frieden ausspricht im Unendlichen der Göttersphären.

1.9

Für immer und ewig raunt dir Mein zutiefst bewegtes Herz das freudenvolle und erhabene Ich Bin entgegen. Warst du erschöpft, so lässt es dich ermuntert weiterfahren, verzagtest du, gibt es dir Heldenmut und hilft dir, das zu leisten, was du musst in deiner Lebenstage Sinngedicht und Flöten.

Wenn jeder wüsste, was er ist, erglänzte eine Welt in Wohlbekömmlichkeit und Frieden, denn all ihr Schattensein verschwände und das Masswerk der Geschwisterschaft und Tugend, Achtsamkeit und Seelenglätte herrschte überall und allgemein im Umgang mit sich selbst und mit den Trägern Meiner Allgerechtigkeit im muntern Sich-Verspielen.

Das tönt ja recht bezaubernd und gediegen, muss aber, wie Ich wissend formuliere, tatenfroh und sieggewiss errungen werden. Jeder, der sich traut, in Meinen Dienst zu treten, wird mit harscher Kritik rechnen müssen, wenn er abweicht vom Gebotenen und seine eignen Wege, statt der Meinen, angeht, unbedacht und ohne den Respekt vor Meiner Vatergüte zu bewahren.

Mach dir nichts aus Weltendingen, alles aber mach aus Mir, der in ihnen seine wohlerwogne Bleibe hat und sich an dem begeistert, was er in ihnen schafft und regelt, meistert und gewissenhaft betreibt im Allumfangen.

Merk auf, wenn Ich dir liebevoll bedeute, wie gewandt und dienlich Ich gerade auch in dir Vollbringer Bin der allerhöchsten Taten, die da sind: Gedankenströme Meiner Provenienz im Sich-an-

eine-Welt-des-Haders-und-der-Eigennützigkeit-
Vergeben, Liebeszärtlichkeiten, deren Hauch sich
seligmachend auf die Seele legt, wie auch die
unbedingte Treue Meinem Bildnis gegenüber in der
virulenten Myriadenschar.

Bist du, so muss Ich auch in dir das Sein vom Sein
vertreten und dir damit gefällig sein, sag Ich und das
soll dir zur Nagelprobe der Erkenntnis werden. Und
zwar lebelang und sorgenschwer, wenn es denn
sein soll, dass du zögerst und verzagst an dem, was
du dir gläubig einverleiben solltest an fundiertem
Geisteswissen in den Zeiten seelenvollem In-dir-
selbst-Beruhns.

Ich bugsiere dich dahin, wo du die Quellen findest
Meiner Dignität, wie deiner Seinswahrhaftigkeit und
Grösse, als von Mir gespiesen, angelegt und
silberglänzend durch das Tal der Demut und
Bescheidenheit getrieben.

Willst du Meines Wohlverstands Gefährte und
Vollbringer sein, so ist Erbarmen und Gehorsam
angesagt am Weltgeschehn, in dem du taumelnd
stehst und dich allein von Mir gehalten sehen sollst
in deinen widersprüchlichen Affären. Erwache am
Geschick, das dir von Mir beschieden und sieh dich
allsobald lustwandeln in Meiner Gärten wunderbar
beschriebner Zier, denn alles Heilige ist licht und
wahr und seelenvoll in seinem stillen Leuchten. Des
Herren Glanz und Glorie kann nicht verblassen und
bestätigt sich allüberall, wie auch in dir als Spender
der Glückseligkeit und Seelenaugenfrische in den
Rängen der Verklärten. Sei und habe dich im Griff,
so wie Ich Mich in Meinem habe und vereine dich
mit den Gedanken reiner Wohlfahrt und
Gelassenheit, die Ich in deine sä'. Sei still in dich
gekehrt und lausche lauschend Meinem Sang der
silberhell erstrahlenden Unendlichkeit im ewig
Blauen. Übersteige, was du bist in Meinem Sinne

und erreiche damit die Gefälligkeit Elysiens voll Freude und Frohlocken, Seinsbewusstheit, Lebensliebe, Dankbarkeit und Würde wunderbarerweise im Allhier.

1.10

Bin Ich ins Gotteslicht getaucht von sagenhaft besänftigender Milde des Entsendens seiner Wertbeständigkeit, Wahrhaftigkeit und Güte, sagt das Schattige unweigerlich ade, sodass das Gloriose ungeniert sein Werk versehen kann hieroben. Das Milieu, in dem Ich Mich befinde, ist der Verklärung dienlich, die Mir offenbart, wie unbeschwert und unbeschadet Ich Mich fühlen kann in der Unendlichkeit der Sphären Meines Seinsbetriebs.

Was tritt nun ein, wenn Ich Mich für Mich selbst verwende? Ich sehe Mich in einem Göttergarten und sehe, wie Ich das Umfriedetsein verlasse, um in einer weltgewandten Aktion Mein Seinstalent und Meine unermessne Schöpferphantasie zu offenbaren. Darin geschieht, was Ich Mir zum Salut und kosmischen Geschehn, zum Blühn und Fruchten auserlesen. Weltenfaszination will Ich hier nennen, was den Göttersinn ergreift und ihn beschäftigt bis zum Geht-nicht-mehr und bis zur Sehnsucht nach der Lösung und Erlösung vom dahingestreuten Vielerlei und Bangen um den Wertverlust, der ihm damit beschieden.

Erinnern zeugt Bewusstsein von der Herrlichkeit, die Ich verliess und so ermanne Ich Mich wieder heimzugehen ins Revier der unverbrauchten Stärke und der Lieblichkeit am Horizont der himmlischen Gewähr für Unbeschwertheit, Heiterkeit und Seligkeit im Lande des Verklärens, rund und siegreich, bunt und wunderschön.

1.11

Weltenbummler, Wahrheitsucher und Asketen sind aufs Dringlichste gebeten, in Sachen Klärung und Gewandtheit mit Mir Schritt zu halten durch dick und dünn und mit dem Eifer der Zeloten, die in ihrer Inbrunst wahrlich keinen Spass verstehn.

Gelingt es dir wie ihnen überall, wo Tiefgegründetes gesucht wird, Meinen Standpunkt zu vertreten, machen sie sich bei Mir so beliebt, dass Ich in ihrem Seinsbewusstsein Ordnung schaffe und Gemeinsamkeiten an die rechte Stelle rücke, unfehlbar und sonnenklar in ihrem Sich-Erleben.

Was Ich will ist, dass sich alle Weltenbürger Rechenschaft darüber geben, was und wer sie sind in ihrem Eigennutz und Schutz und Nach-dem-Höchsten-Streben. Sie sollen sich gefallen lernen in der Attitüde der Gelehrten Gottes, die vom Sein und Sinn des Lebens recht Erkleckliches verstehn. Das heisst, sie sehen sich im Sein mit allem, was da ist, aufs Innigste vermählt und sehen sich darin verbunden auch mit Mir. Was nun ist, vermag allein der zu erkennen, der Ich Bin zu sich und seinem Hofe sagen kann in wahrhaft überirdischem Begreifen. Lechzest du nach Seelenfrieden, Freiheit, Lauterkeit und Weltenharmonie, kann Ich dir jenes sagenhafte Missing Link verleihen, das dich über alles Ungemach direkt in Meine Gärten höherer Vernunft und Einsicht führt vom Seinsgewissen zum begehrten Universensein und von der Tugend zur Allherrlichkeit des Gottesgnadentums, in dem du dein Mit-Mir-identisch-Sein erfährst.

Von scheinbar weiter Ferne hergekommen, siehst du Mich nun nah und machst dir einen Reim daraus, wie es um deine Würde steht und welche Seligkeiten dich in deinem Sein erlaben. Blick auf deiner Hände Werk und sag, es ist das Meine, taufe dich mit dem Gedanken, dass dein Wesensinhalt vom Allhier bis zu den Sternen reicht in einer geistigen Potenz, die ihresgleichen sucht. Erkenne dich in Mir und du bist fündig und gefeit vor aller Not für alle Ewigkeit geworden, als in Meiner Wonne des Gewaltens, Meiner Sonne reinen Liebens und in Meinem Sein der Seligen in unerschöpflich reiner Harmonie.

1.12
Ohne weiteres Bin Ich gehalten, Mich zu sein mit allen sich verschwebenden Akkorden, wie den wunderbaren Dienstbarkeiten, die Ich frohen Mich-Versinnens in die Zeiten webe. Was alles dacht Ich Mir schon aus in Meiner allverschwenderischen Weise, mit den glänzenden Talenten umzugehn. Wie hab Ich mit Mir selber Rat gehalten im Bestreben, ritterlich und gut, tadellos und graziös zu sein in allen Meinen Äusserungen, Mir selber zu gefallen im gefälligen Allhier.

1.13
Um dich steigt's empor und wallt hernieder noch und noch in geheimnisvollen Geistesgründen. Du siehst sie nicht, du fühlst sie doch in dein empfindendes Erleben münden. Heilbringend ist, was du dir Bist in deinen Lebenszonen, wenn du den Herren Jesus Christ dein Sein und Sinnen lässt bewohnen. Er macht es leicht, was unerreicht, herzinnig zu erfahren und lässt dich gross im Geistesschoss sein Ebenbild erfahren. Wenn du nur immer weisst, wie sehr des Himmels Kräfte dich behüten, stellst du dich ihren Rängen unvermittelt dar und Bist, was sie dir sind, in auserlesnem Innewohnen.

Sieh Mich rein und sicher in dir walten, dann reicht kein Weltenkummer mehr an dich heran und selige Lebensfreude füllt dein Menschensein und Streben.

1.14

O du Mein lieber Patriot in Himmelslanden, niemals hoch genug zu schätzen ist, was du dir aus der Tapferkeit des Herzens bist geworden, wie dem gütevollen Einfluss, den Ich dir vergab.

Ein Traumgebild ist alles Leben hier im Erdenmass, solange bis die Stunde des Erwachens eine radikale Wende bringt ins Seelensein der Glücklichen, die all ihr Wachen, Walten und Gesunderhalten unverhofft in einem neuen, wunderbar beseligenden Lichte sehn.

Wer hält sich so gefördert und bewegt, zutiefst vom Sein ergriffen und von seinem Licht verklärt? Nur Ich kann solches in Mir selbst bewirken als in jedem, von Mir auserlesenen Geschöpfe Meiner Inbrunst und Gewähr. Erkenntnis wird dir zeigen, wie die Weltendinge sich in Wirklichkeit verhalten und, von Mir geführt, dem Weckruf der Unendlichkeit entgegengehn.

1.15

Hebe deine Augen auf zu Mir und Meinen geistvoll inszenierten Installationen. Machtvoll und gebieterisch, friedefertig, sanft und selig komme Ich in ihnen auf dich zu, um dich im Guten zu bewahren und dein Los zum Besten aller Lose aufzuwerten in der weitgedehnten Lebenslotterie.

Gekonnt ist, was Ich fabriziere, fakturiere und Mir mit Vertrauensvorschuss und Gewissenhaftigkeit begleichen lasse. Was wird das für ein Fest der Unabhängigkeit und Menschengötterwürde sein, wenn alle sich den Habitus und Flor der Himmlischen erobert und errungen haben.

1.15

Was Ich dir zu bedenken gebe, ist der Grosslauf der Geschichte, der im Sternenkreis vor deinem Schauen liegt. Leichtfüssig, glitzernd gleiten die von Mir Gesegneten durchs Götterparadies dahin, von Meinem Sein und Sinn getragen.

So bereite Ich Mir den Triumph des reinen Seins in der Holdseligkeit der Göttersphären. Ein winziger Willensakt genügt, um Mir Mein wahres Ich zu zeigen und der Heimkunft in Mir selbst gewiss zu sein in wunderbar gesegnetem Gespür. Ich halte, was Ich Bin, in eigenwilligen Händen und traue Mir das Höchste zu begreifen zu in einer Schau von überwältigender Wohlbekömmlichkeit und Gravität von Himmels Gnaden.

Was Ich Mir Bin, ist in den unermessnen Sternenglanz geschrieben, dem Ich Gefährte und Bewunderer, Vermählter und Geheiligter geworden. Ich lausche und der Silberklang der Höhen rieselt seinsbeglückend und befreiend in Mein inner Ohr. Ich weile als Geheilter in des Geistraums Schicklichkeit, Salut und Grazie und lasse Mich vom Licht und von der Herzensruh darin verwöhnen.

Getragen Bin Ich, ebenso wie Träger des Allherrlichen, in dem Ich Bin und wese. Leutseligen Gewissens spreche Ich: So ist es in Mein ewig munteres Gemüt gelegt und - glaube jedem Wort, das Ich dir ins erwachte Seinsgewissen trage.

Ich huldige Mir selbst in wunderbar bemerkenswerten Zügen und reiche Mir von Pol zu Pol der kosmischen Befindlichkeit die Hand zum Segensgruss und labe Mich am Sein, das Ich in ihr aufs Allerinnigste empfinde.

Was Mich berührt, berührt Mich in der Resonanz und Eigenwilligkeit der Göttersphären. Wem Ich gehorsam Bin, ist Meinem eigenen Befehl aus Licht und Wärme, Weisheit und Herzinnigkeit anheimgegeben. Mir selber dankbar trete Ich Mein eigenständiges Erbe überglücklich an und trete in die Reihen derer, die ihr Sein erkannt und in sich eingemittet haben.

Radikal und richterlich, bedeutsam und erhaben, trete Ich im Morgenlichte der Verklärung in die Freundlichkeit Elysiens und Bin darin Mir selber auserlesen, hochgemut, vollendeten Gedeihens, ewig licht und wahr.

1.16
Woher willst du denn deine Weisheit, wenn nicht akkurat von Mir, beziehn in deinem Mich-Umrunden? Wo setzt wohl deine Pfiffigkeit und dein Vertrauen an, wenn sie nicht Meinen seinsgeschliffnen Zügen angesetzt und angeglichen werden? Wähnst du, du bräuchtest Mich nicht mehr, wenn dir für einmal eine virtuose Tat gelungen oder ein geniales Kabinettstück unversehns geglückt ist im allmenschlichen Verkehren?

Sowie du etwas für dich zur Beschäftigung erkoren, gackerst du dein Offertorium in alle Welt hinaus, um dich als kapitalen Helden darzustellen, derweil Ich Mich inmitten Meiner genialen Schöpferwucht ins Schweigen hülle der Unendlichkeit, in der Ich Bin und wese. Nimm nur Mass an Mir, bedeut Ich deinem Träumen und erhalte dir die Wachheit im bescheidnen Kolorit der Menschlichkeit, das du um dich verbreitest. Dann kann Ich Meines Wirkens Elegie durch dein Bewusstsein strömen lassen und dich zu dem erheben, was du in Mir Bist, als Wesen des unendlichen Begabens, Überragens, Tragens,

Güte-, Licht- und Sinnverstrahlens und dich Badens im beseligenden Glück darin.

1.17

Mir selber zu gefallen, fälle Ich des Raums Unendlichkeit in Meines Seiens Anspruch und Bravour, dann lasse Ich den Erstling Meiner Schöpferphantasie und Weisheit in den Sog der Aberweiten fahren. Grossmut, Eigenwilligkeit und Grazie des Himmels teile Ich mit dem sich selbst behauptenden Gebilde, dem Ich in Äonenlänge, - strenge und Geduld Myriaden weitere Gebilde folgen lasse, als bewusste Geistesinkarnationen im Allhier.

Das ist das Erste, dessen Ich dich sanft und innig, sakrosankt und selbstbewusst belehre, um dir dar-zutun, dass auch du ein Zeuge Meines prächtigen Gestaltens bist im universenweiten Soll und Haben Meiner Kür.

Gelände schaffend, trete Ich Mein fulminantes Tagwerk an und giesse Licht und Luft und Lust und Kraft in seine Schalen. Ich schaffe Meisterstücke jetzt wie nie und lasse sie auf Nimmerwiedersehn sich selbst verspielen. Pardon, Ich seh Mich selbst in ihnen und lasse sie doch ihren Willen tun in der Unendlichkeit der Zeiten und Gegebenheiten, der Verlockungen und stockenden Gebräuche, wie der Leuchten, die voll Sinnkraft, Majestät und mütter-licher Sorglichkeit den Daseinssturz zum Guten lenken und somit dafür sorgen, dass er nie vergeht.

Doch Ich, als Einziger, vergehe in Mir selbst und lasse Weiselosigkeit und unermessne Seligkeit Mein Sein durchspielen, unerkannterweise von den Welten und bewusserweis von Mir gezüchtet und belebt, erfahren und geliebt auf ewig im Geheimnis des unendlichen Gedeihens.

1.18

Kalamitäten noch und noch seh Ich in Meinem Alltag dort auf dem ums Sonnenherz getriebenen Planeten. Verschieden ist die Art und Weise, wie sie angegangen, aufgelistet, hinterfragt und schliesslich überwunden werden. Für Mich ist alles Leben ein lebendiges Gedankenspiel, ein unerhört subtil gehaltenes Empfinden, wie Meines Götterwollens volle Wucht der Schaffenskräfte, die Mir eigen.

Es steht das von Mir Konzipierte in der Schnelle des Erfindens und Empfindens unvermittelt Meinem Schauen gegenüber, vollkommen schön, behend und farbenprächtig, liebevoll und munter dargestellt in seines Wesens Gottnatur. Doch im Verwirklichen entsteht die Mühsal zeitlicher und räumlicher Natur, in der die Lebensdinge abgeschliffen und veredelt, neu erwogen, überlegt und nachempfunden werden müssen. Es hebt ein Lernen und Befehlen, Sanktionieren und Verändern von unendlich feingefühlter Virulenz, Tragweite und Bedeutung an, die sich vor Mir, wie auf der Bühne, abspielt und dennoch Bin Ich mittendrin in den agierenden und sich in ihrem Sein behauptenden Akteuren. Ich lasse sie gewähren und Bin doch immerzu als Regisseur gehalten, ihren Drang zur Perfektion zu unterstützen mit unnachahmlich liebevollen Gesten, wie auch brachial gekonntem Unterweisen, die allmählich das Vollendete bewirken, wie das An-die-Situation-Vergebene in wunderbarem Einklang mit der göttlichen Idee, die allem sonnenklar zugrundeliegt.

So erschaffe Ich in einer Stimmigkeit und Seinsgestimmtheit ohnegleichen alle Lebensdinge Mir und Meinem Volk zu Ehren. Seinsverständig, glorios und gütig, makellos und selig nennen darf es sich, so wie Ich's wollte, austrug und zur Ernte holte, heiter, seinsbewusst und gottgediegen.

1.19

Geschwind, geschwind Geliebter, komm in Meinen Arm geflogen, eh im Hof die maliziösen Kehlen der erwachten Hähne krähn. Ich lehre dich die Ungeduld des Herzens, bis du, wie der treue Bräutigam beim Bräutchen, bei Mir liegst in seliger Verwunderung und liebevollen Zähren.

Den Eifer des Begehrens Meiner Nähe fach Ich an, damit kein anderer Gedanke dir zuvorkommt als der Eine, Mich zu sehn und Meiner Schönheit reines Bild in deinem Seelensein zu fühlen. Komm, es wird dir nichts als inniges Freudesein geschehn in den Gemächern Meiner Huld an deinem Dich-an-Mir-Verschulden. Das ganze Dasein soll dir lieblich klingen ob der wundervoll getragenen Galanterie, die Ich dir redlich und gewandt entbiete.

Auf Götterspuren heimzugehn sei deiner Herzenslust Befehl und Antrieb, Meiner Grazie bewusst zu werden, deiner Sehnsucht Sinngedicht und Stil.

Unfehlbar und seidenweich und sanften Fluges will Ich dich mit Meinem Gegenwärtigsein beglücken, weil du Mich erwählt hast ebenso zu deines Seins Gefährten und Gespan. Noch einmal, für immer soll deine Seele im Entzücken baden gehn, das Ich ihr leichterdings und all so gern bereite aus Meiner Liebe strahlendem Empfinden.

So ist beschlossen, was dein Wohl gebiert und was dir alles Ungemach beiseite räumt im Nu. Dein Tagwerk sei fortan ein munter fliessendes Gebet zu Meinen Ehren, derweil Ich, was du für Mich Bist, mit Schwingen der Barmherzigkeit aufs Zärtlichste behüte. Ich lade dich zum süssen Stelldichein an Meiner Seite gütlich ein und, wie zu einem Freudenfeste dich zu richten, wirst du alles tun, um Mir aufs Beste zu gefallen und vom kühnen Scheitel bis zur sanften Sohle ein Genie des strahlenden

Gepflegtseins darzustellen, Meinem unverhohlenen Bewundern zu.

So geschieht's, dass dich die Anmut Meiner göttlichen Gebärde liebevoll umfängt, so wie man Freundliche und Vielgeliebte warm bedenkt mit Herzensgüte auf beseligender Spur. Ich webe und du bist geschwind und lind mit Meinem ewigen Seligsein verwoben. Ich stärke dich und du vernimmst den wunderbaren Klang des sakrosankten Alles-Überragens. Meiner Minne ganz gewiss darfst du dich fühlen und darfst dich getrost und blutjung in Mein Brautbett stürzen, um die Grazie Meiner Glut aufs Innigste und Förderlichste zu erfahren. In Wohl und Wonne bette Ich dich ganz hinein und hebe dich zu Meiner Leichtigkeit des Herzens mild und still hinan, damit du nun und immer Mir und ganz allein nur Mir gehörst. Atme, wie die schwebende Libelle, ganz im Freisein deiner Züge und eratme dir die Lust am Sein und am Glückseligsein in der Gediegenheit und Unverbrüchlichkeit, dem Glanz und der untrüglichen Gewissheit deiner Gottnatur.

2

Liebevoll und herzhaft

2.1

Liebevoll und herzhaft, gütig und charmant, von Meinem Sein durchdrungen, überschaue Ich die liedersingenden und feierlich gestimmten Völkerscharen des ereignisvollen Erdenplans. Die Menschen lassen sich's im Wettlauf mit den Weihnachtstagen wohl ergehn und tragen ihren Frohmut und ihr Gottvertrauen in die hellen, heilen Kirchenräume; bringen Anmut und Beweglichkeit in ihre Runden des holdseligen Betrachtens Meiner Gottnatur. Ich liebe Mich und liebe dich, sowie wir uns als Sein im Sein erkennen und erklären können. Soweit Ich schaue, schaut das Seinsgeflecht sich selber an und weiss sich in dem Mammutprojekt der sich zerstiebenden Allweltlichkeit aufs Trefflichste geborgen. Es sieht in allem einer einzigen Kraft Gebärde sich vertun und die ist geistiger Natur, von keinem Sterblichen je begriffen und doch in jedem seinem Schicksal, Sinnspruch und Gesetz gemäss, wie Meinem Eigenen, allgegenwärtig und allwirkend, wunderbar.

Du kannst dir nie erträumen, wie viel wallende Zusammenhänge Ich zu schalten und verwalten habe, wie viel botengängige Gedanken und Gefühle zwischen den ins Einzelne gestiegenen Persönlichkeiten hin- und widergehn. Du würdest dir zu viele Sorgen machen um das Heil des Ganzen, dem Ich wachend, warnend, wohlbedacht, weitsichtig und warmherzig übersteh.

Gelind gesagt, bist du ein Stümper, Meiner Fähigkeit und Fassungskraft, Erhabenheit und Gloriole des Erkennens gegenüber, die Mich in den Stand der überragenden Allwissenheit erhebt und Meine höchste Zierde ist im Sieglauf der Geschichte, die Ich tatenkräftig inszeniere.

Weihe dich dem Sein, entschlüpft es Mir, um deiner Wohlfahrt Willen, denn der Vorteil, den du daraus ziehst, ist unermesslich und mit keiner Summe Goldes zu bezahlen. Leistungsfähigkeit und Seelenharmonie, allgültige Getragenheit und Überlegtheit, Seinsglückseligkeit und Wonne des Gerechtseins resultieren aus der Seinserkenntnis, die Ich dir auf deinen Wunsch verleihe. Gross bist du im Kleinen, wenn die Einsicht dich belebt, dass du im hellen Schatten Meiner Würde dich bewegst und alleweil den Schutz und Freimut, die Glasur und Gottesebenbildlichkeit geniessen darfst, die dir von Mir zu eigen. Die grosse Wendung bringt die Wende hin zu Mir und Meinem alles überschwebenden Impuls des götterherrlichen Gewährens namenloser Güte, die Vollkommenheit gebiert und ohne je in Furcht und Tadel zu versinken durch Äonen.

Nicht von hier und doch in allem gegenwärtig und gesucht, gefunden und verherrlicht Bin Ich Mir das Ideal der Sorgenlosigkeit und Stütze Meiner selbst in liebevoll gesegnetem Agieren. Kein Wunder Meines Seinsbegriffs ist Mir so gross, als dass Ich es galant und nonchalant schon nächstens überbiete. Kein aus dem Stegreif liebevoll entbundenes Geschehn scheint Mir so wichtig, als dass Ich es nicht wegen eines Wichtigeren ohne weiteres verliesse. Allem aber lasse Ich die Wohlfahrt Meiner weisen Dispositionen angedeihen und verleihe den Gerechten Meiner Tage die Gesinnung und Gesittung des allherrlichen Begreifens und Bestehns.

In diesem Zustand lässest du die Melodie des höchsten Lobs des Seins von deinen Lippen fliessen und bestärkst dich darin, dass du in ihm sicher und gewandt, glückselig und bewusst durch deine Tage und Geburten schreiten darfst in Unbeschwertheit, Lebensliebe und Gewissenhaftigkeit an dem, was Ich dir aufgetragen. So ist geregelt und geführt, was allweit immerzu geschieht und was sich schliesslich in der Glorie des Ursprungs wieder findet, makellos und treu, frohlockend und gediegen, ewig seinsbewusst und wahr.

2.2

Sitte. Was gehört in dieses Seinskapitel, wenn nicht jede deiner Lebenstaten, die Ich dir dereinst wie auf dem Silbertablett vor die Nase halte, um dir exaktestens zu zeigen, wo du gut in Meinem Sinne warst und wo gemein, so dass du dir in Zukunft alle Mühe geben wirst, um das Verwerfliche tunlichst zu vermeiden.

Schütter wird dein Haar und knapp die Zeit, in der du deinem Wandel bessere Allüren und bedeutendere Resultate zuerkennen kannst, die Fairness, Loyalität und Makellosigkeit verbreiten. Da schau Ich dich mit wachen Götteraugen an und stelle dir dabei die Fragen, die dein Herz zutiefst bewegen sollen hin zur Absicht, künftig nur noch Mir zu dienen und dem Tückischen in dir gehörig abzuschwören.

Seinssubtil und ausserordentlich geschickt sollst du die Finger und Gedanken rühren, damit aus ihnen weder Fehlerhafts noch eine Falle resultiert in deinem weitgespreizten Mich-Umrunden.

Überwach begleit Ich dich von A bis Z, vom Morgen- bis zum Abendläuten und von jedem Aufruhr bis zur Wiederkunft der seelenvollen Harmonie, genauso wie die gütige Glucke ihrer Kücklein Schar, damit aus Fährnis Fülle und aus Übermut Rechtschaffenheit entsteht, nach Meinem Seinsbegriff und Strahlen.

Bekehre und bekenne dich zu Mir und alles ist gewonnen auf der Fahrt und Fährte ins unendliche Gelingen. Spute dich und nimmermehr wird dich die

Zeit mit ihrer Drangsal überfluten. Rein und sicher wirst du mit den Lebenswellen spielen, wie das Kind am Strand in Unschuld und gedankenloser Genialität. Der Zauber des Entzückens am vollbrachten Werk wird deine Seele strahlen lassen und dein Antlitz mit dem Lächeln der Holdseligkeit versehn. Bist du Mein, so Bin Ich deiner Lebenslust Gefährte und vergibst du dich ans Dasein der Allherrlichkeit, will Ich dein Haupt und deine Hoheit mit dem Lorbeer der Gottseligkeit und Gnade ewiger Heiterkeit und Grazie des Himmels schmücken.

2.3

Es walten die Kräfte allweit, Meinem kategorischen Willen gemäss, in den Daseinsgestalten. Mein „Geschehe" geschieht, wo immer Ich Bin und zeitigt die Früchte, die Ich Mir ersonnen in sonderlich taufrischer Zahl. Gedenke du Meiner in schöner Manie und lass das Verbindende unverwandt spielen. Was Ich Mir erdenke, denkt sich und führt sich in zahllosen Stufen unendlich geforderten Willens wieder zum gütigen Schöpfer empor.

In heiligen Gründen der Gottheit muss münden der menschengewordenen Sehnsüchte Strom. Nur dem Allherrlichen in der Schöpfung Gewanden, ist es gegeben, allherrlich zu sein. So frage dich: Bin Ich's und trage Mein Ja begeistert ins allweit offene Buch der Weisheit ein, Mir zu gefallen und allem Empfinden zu Ehre und allüberglänzendem Ruf.

Was gekonnt ist, ist von Mir und was du kannst, kann nur das eine Mal, das Meine, tragen von der göttlichen Gewähr, die Ich allüberall um Mich verbreite. So nenne dich von Mir getröstet und kenne dich als immerzu von Mir gehalten und belebt, ergriffen und gefördert, gereift und in das

Allsein ausgegossen, wenn die Stunde da ist für dein allerletztes, allerhöchstes Wohl. Dann erklärt sich dir dein Sein als Meiner Sternenwürde Strahlen, dann gewahrst du Mich in dir, als das rezente, turbulente, hilfesuchende und kraftversprühende Agens der neuen Wirklichkeit, die Ich in dir begründe. Schau es und verkünde das Ich Bin an allen Ecken und Enden in allheiligem Gesang und im Frohlocken über das Unendliche, mit dem du dich vermählt.

Ich spinne Weisheit in dein tatenträchtiges Geäder und lass dich nicht verkommen in der Tage trügerischem Glanz und Weh; Wahrheit spende Ich und deute dir das Ende deiner Schmerzen. Schon keimt in deines Herzens Glut der Drang zur Lösung aller Rätselhaftigkeiten und die lösen sich in Mir, als in der Einheit aller Geistesgaben, ausgeteilt an alle Wesenswelten. Schau sie in lichter Trautheit wieder eingesammelt, als im Glück der Herde, die sich Mir entgegendrängt und Meinem Sinn gemäss ins warme, volle Sein versinken soll, getröstet und gekrönt, geliebt und auferweckt zur zärtlichen Glückseligkeit in ewigem Genügen.

2.4
Kennst du die bewundernswerte Lage, in der ein Menschenwesen sich befindet, wenn in seinem Herzensdom die Glocken des Erinnerns an den Ursprung läuten. Zu erfahren wo du ausgegangen, ist ein glückseligmachendes, dein ganzes Sein verwandelndes, unendlich liebevolles Phänomen, an dem du dich erbauen kannst, wie noch an keinem anderen.

Es singt dein Herz: Ich liebe dich, o Leben, weil du in Mir Bist und waltest als das vordem Ergründliche, das Mir nun sicher und erhaben schaubar ist in wunderbar begütigenden Zügen. Aller Weisheit Seim strömt von ihm in Mein jubilierendes Bewusstsein über; eine Geistgeburt will Ich hier nennen, was so sanft, so seeleninnig und so meisterlich geschieht, dass keine Frage offen bleibt, inmitten des allmenschlichen Agierens.

Dass du Bist, kann dir von keinem noch so fiebrigen, fatalen und bedrohlichen Event genommen werden. Dies Erkennen führt dich zur geheimen Zwiesprach mit den Wesen einer Götterwelt, die dich umflutet und dich mit dem Wohllaut wunderbarer Harmonie beseelt und des unendlichen Behagens.

Indem du dich mit Mir verbindest, stellst du dein Erlöstsein glorioserweise in die Mitte deines Lebens und befriedest dich an ihm in einer Innigkeit und Zartheit des Empfindens ohnegleichen, die all dein künftiges Verhalten und Gestalten, Liebreichsein und Wonnespenden delikaterweis begründen.

So wird denn wahr, was vordem Zweifel, Uneinsichtigkeit und Schrecken in dir löste, nämlich das Empfinden, dass du akkurat das Sein bist ohne jeden Abstrich, aber mit dem Zeichen königlicher Exklamation versehn. Bleibe, der du Bist, indem du dich in ES verwandelst. Welche Lust und welche Gnade, welcher liebevoll und heilige Konsens und welches wonnevolle Geistesfluten, deinem ewigen Sein und Leben zu.

2.5

Wer glaubt, dass er gebildet sei, soll erst bei Mir das unentbehrliche und noble Rüstzeug holen. Denn was Ich lehre am Katheder der unendlich feingefühlten Sternenweisheit, ist von keiner anderen in Sachen Stil und Salonfähigkeit, Schlagfertigkeit und Eleganz zu überbieten. Ich mache Mir kein Hehl daraus, als der allwissende, allüberschauende und aberwürdige Patron der Geisteswissenschaft zu gelten, von dem kein Leitsatz ausgeht, ohne niet- und nagelfest geprüft zu sein und mit der Garantie auf weiterführende Potenz versehen. An Stoff zur Deklamation in jeder noch so grandiosen Alma Mater wird es Meinem kapitalen Weltverständnis niemals fehlen. Keine noch so sinngeladne Summa theologica kann Meiner auch nur ansatzweis das Wasser reichen, denn selbst einer Millionenschar von Aquinaten würde Ich gelassnen Geists mit überwältigender Logik und bestechendem Erfolg entgegentreten.

Die Gestik des Allherrlichen, der Redefluss, die Mimik, ebenso wie die galant und fliessend vor- getragnen hieb- und stichfest ausgebauten Argumente lassen jeden Gegner in sich selbst erstarren vor Ehrfurcht und Bewunderung der Thesen, die Ich auf dem Rednerpult, wie ein gepfefertes Filet, zerklopfe bis zum unerreichten Feinheitsgrad.

All dieses kannst du dir zunutze machen, wenn du Meiner Weisheit, Weitsicht, Folgerichtigkeit und Klugheit, wie der Falke, folgst und sie dir ein- verleibst zu wohlgefälligem Gebrauch, selbst in den prekärsten Situationen.

Das ist, weil Ich befähigt Bin, mit Mir in aller- grösstem Ausmass selber Hofrat und Gedanken- tausch zu halten, um ungesäumt und siegessicher auf den E-Punkt des Entzückens zuzusteuern, bis die Erfüllung seinsgewiss und wahr erstrahlt im Sonnenjauchzen. Aussicht auf ein vollgerechtes, seinsnatürliches Verfahren hast du, wenn du einst hinübergehst in Meinen hochsensiblen und erwartungsvollen Seinsbetrieb von Himmels Recht und Gnaden. Jede fleinste Herzensregung aus der Zeit der flimmernden Geschäfte und Verästelungen deiner Einflusssphären wird aufs Peinlichste erwogen und zu fernerer Verwendung deinem Lebenskonto zugeschrieben.

Du bist nicht irgendwer, wenn dich der Flügel streift des genialen Schattens, der dich mitnimmt in den Hades, wo die Läuterung beginnt zu wirken auf der Ewigkeiten Spur. Angesagt ist tief verpflichtendes und impulsives Seinserkennen, das die Schätzung deiner selbst entschieden aufbereiten und verbessern soll in Meinem Dich-in-Mir-aufssehnlichste-Erwarten.

Eine Leistung sondergleichen ist's für alle, die Mich suchen, ihren Habitus zu ändern und nach Treu und Glauben Mehrwert einzubringen in ihr Seinspotential. Hinüber und herüber dringen Meine seinsermunternden Gedanken und erheben jene Weltenbürger, deren Sinn nach dem Allhöchsten steht, zum Überragenden, zu dem sie sich verpflichtet fühlen. Nun schaffe an und schaffe weit und breit am Mass der Seinsverklärung, das Ich dir auferlegt und angeboten habe. Einmal wird sich das Verheissene erfüllen, dass du wissend Bist und, deines Seins gewiss, das Herzensglück geniessest, das dir auserlesen ist in Meiner unergründlichen Textur.

2.6

Des Petschafts Abdruck Meiner Redlichkeit ist jedem Erdenbürger von Mir zugedacht; du brauchst ihn nur in Einfalt und Bewunderung, Gutgläubigkeit und Ehrfurcht innig zu gewahren.

Das Mittel dazu ist geflissentliches Meditieren, mit dem du deines kleinen Ichs selbstsüchtiges und trügerisches Allerweltsgebaren ad absurdum führst in seiner ganzen illusorischen Betriebsamkeit von eigensinnigen Gnaden. Behutsam näherst du dich in der Seelenruhe Meinem Sein und Sinngehalt, Salut und Vorrecht an, im All der Dinge völlig autonom und sakrosankt zu herrschen, als der Herr der Ringe, schöpferischen Qualitäten und Errungenschaften Meines allgewaltigen Genies.

In diesem Kontext musst du als ein Stäubchen dir erscheinen, höchst fragil und unbeständig, zimperlich und von der Wucht der Zeit im Nu vom Lebensplan hinweggeblasen. Dennoch erteil Ich dir unendliches Bedeuten durch Mein Gegenwärtigsein in dir, als deines Seinsgewissens Wohlfahrt, Tüchtigkeit, Substanz und Ich-Gefühl, womit du den Erhabensten der Wesen ebenbürtig bist, als Sein vom Sein und als Mein Dasein in den Abervielen.

Willst du dich in deiner Stofflichkeit beweisen, vernichtest du dein Sein und hältst dich in der Falle der Vergänglichkeit gefangen allsolange, bis du dich vom Hauch der Geistes-Gegenwart berührt empfindest und von einem Nichts zu einem Alles wirst in seliger Bewusstheit Meiner Infiltrationen. Schon der Saum der Majestät ist Dignität an sich und der bist du für alle Ewigkeit verfallen, wenn du's nur erkennen magst in deinem seelenvollen Lauschen.

So macht dich Meine Würde gross und deine Grösse macht das Ego klein, das sich so leidenschaftlich aufspielt auf der Weltenbühne.

Sieh nun zu, wo deine wahren Werte liegen und beselige dich an der Schau, auf was Ich in dir Bin, in himmelweitem Überragen, wie in der Gewähr der Unvergänglichkeit und Seinspotenz in deinem Dich-durch-Meine-Weiten-Tragen.

Simultan vernimmst du Meine Klänge mit dem göttlichen Gehör, das dir nun offensteht und atmest Herzenswonne mit der Meinen in unendlichem Behagen und Begaben, als von Mir gesendet und geführt, beglaubigt und für dich erlesen in der

Einheit aller Dinge: seinsglückselig, liebetrunken, dankbar und erhaben.

2.7

Allsinn reicht von hocherhabnen Höhen in die tiefsten Schlünde der Verwegenheit am Weltenschicksal, reicht geradeso in aller Herren Winde in der Kunst des ständigen Allgegenwärtigseins in allen Regionen, Zonen, Geistigkeiten, Denkbarkeiten und Bedeutsamkeiten Meines Sternweitüber-Mich-Verfügens.

Kann es denn sein, dass alle alles in sich tragen, was geschieht, indem sie Mich als ihren Partner und Gefühlsvollstrecker anerkennen im begehrenswerten Seinsgewissen, das Ich liebevoll und seidenzart in Mir verwahre. Denn dasselbe macht vor nichts und niemand Halt und schlängelt sich durch alle Lebenssituationen, die da sind und vor Mir ihren Mann und Meister stellen. Bedingungslos gefasst und dargebracht sind alle Meine Wohlerwogenheiten. Wo der Raum verschwindet und die Nähe der Allewigkeit erscheint, ist aller Welten Wesenheit aufs Zärtlichste in eins verbunden und zum Einen auserwählt. Es denken sich, es lenken sich die Vielen, wie aus einem Einzigen Sich-Kennen und Sich-Motivieren. So als wären ihnen Flügel reiner Geistigkeit gewachsen, wallen sie gewaltig und gewissenhaft daher, dahin, um aller Rätsel Schauer und Gerank zu lösen und sich selbst zur Schau des Wunders reinen Seins zu führen. Dass alle sind, ist Seelenlicht und Stärke einer Eigenart, die ins Geheimnisvolle mündet, als von Mir verwaltet und hinaus-, hineingeführt in eine Seelensicherheit und Wonne ohnegleichen, die für alle gilt, die sich in Mir erkannt und eingemittet haben. Rechne du mit dem, was unberechenbar im

Hauch der Stille liegt, die dir das Leben so versüssen kann, wie nichts zuvor. Es ist und wendet alles noch zum Guten, was begonnen und vollendet werden soll in Meinem Seligsein in ewig liebevoll gesättigtem Genügen.

2.8

Einer Meiner Wesenszüge ist die legendär gewordene Geduld, mit der Ich Mich im Zeitlichen entfalte, ohne je ein Ende abzusehn. Das In-Erscheinung-Tretende ist in stetem Wandel zu begreifen, der sich sachte und gewissenhaft, ereignisvoll und unerbittlich durch Äonen zieht, die Meines Seiens Sinngehalt, Salut, Genie und Wohllaut offenbaren.

Nichts geschieht von selber, wie die braven Weltenwissenschaftler meinen. Alles ist an Meines Geistes Unermesslichkeit gekoppelt und erklärt sich in den höchst bemerkenswerten und geschickt gestalteten Lebendigkeiten, die da sind und über Generationen ihren Part verrichten in dem grandiosen Weltenwürfelspiel.

Meine Triebe sind es, die sich in die Formen treiben der allheiligen Natur, Mein Geschick lässt sich als Urgrund allen Schicksals eruieren. Lass es dir aus diesem Grunde angelegen sein, in jedem noch so unscheinbaren Ding den Hauch der Göttlichkeit zu spüren und den Strahl der Weisheit, der die Überlegenheit begründet, mit der Ich liebevoll und heiter, wissend und geduldig hinter allem steh, was sich ereignet und mit soviel Eigensinnigkeit erfährt.

Somit ist zu sagen, Gott ist Mensch und Mensch ist Gott, unendlich wirkungsvoll und untrennbar in Eins verschlungen. Deine Absicht ist damit die Meine, deine Spielereien sind im letzten Grund

Mein abergrosses Spiel. Es ist von höchstem Nutzen, dieses zu bedenken, denn alle Unbedachtheit öffnet dem Chaotischen die Riegel und verwehrt dem all so Seinsharmonischen und wunderbar Geordneten den Weg. Das ist, weil vielem noch Entfaltung nottut und es der Geist der Wahrheit schwer hat, durchzudringen, wo noch soviel Schein und Sittenlosigkeit regieren. Da hast du aus der Einsicht in dein Wesen noch ein weites Arbeitsfeld vor dir, wo du in Meinem Sinne wirken kannst, um all das Schöne und unendlich Zarte zu verbreiten, das von Mir ausgeht und das wahre Sein bedeutet, allweit, lichterstrahlend, gütevoll und generös.

So ist, was du dir Bist, zutiefst und liebvoll in Mein Herzblut eingeschrieben, woraus es sich erklärt, dass Ich dir helfen kann und will in allen deinen Nöten. Nur, dass sich deines Bittens hoffnungsvoller Spruch in Mein Gewissen legt und damit Wirkungen erzeugt von grandiosem Duktus und von weltenwendigem Bedeuten. Du in Mir und Ich in dir sind ein verschworen Paar, aus dem Erlösung ins unendlich Freie resultiert und in den Strahlenglanz der Gottessphären.

Denk darüber nach und wisse dich in Mir in jeder noch so heikel scheinenden Ranküre wohlgeborgen, als Verklärter und Begnadeter von Meines Willens Wahrspruch und Befehl. Sei tapfer, weil du damit allgemeine Tapferkeit gebierst, verschenke dich voll Liebenswürdigkeit, weil so die Gottesliebe überall Verbreitung findet. Das ist Meines Seins und Sinnens festliches Idol, dem alle Ehre und Verherrlichung gebührt und das auch deines Glücklichseins Erleben generiert im Sternenwunder des unendlichen Verklärens. Erklärung und Erhellung deiner irdischen Präsenz sind gänzlich Meinem Hofrat, Urteil und Vollzug anheimgegeben.

Streng und unerbittlich scheint, was Ich dir so bedeute. Doch ist hier eben lupenreine Seinsgerechtigkeit im Spiel. Gedanke nach Gedanke deines wirkungsvollen Überlegens wird von Geisteswesen aufgenommen, moduliert, mit Gotteskraft begabt und schliesslich der Verwirklichung im Grossen Ganzen zugeführt. Das macht, dass du in ungeahntem Mass das Weltgeschehn veränderst, sei's im kreativen oder destruktiven Sinne und dafür bist du Mir und dir geziemend Rechenschaft und Richtigstellung schuldig, ohne Wenn und Aber in des Götterseins Bedeuten, das du darstellst, sakrosankt und wunderbar.

Gerechtsein heisst zugleich, dem Leben Anerkennung zollen und die Übersicht behalten über das so viel verflochtne Weltgeschehn. Und rührst du hier etwas voll Liebe an, so wallt es durch das ganze Sein in zärtlichem Beglücken wieder.

Das ist die Kunde von der Geistgewissen Wirklichkeit, in der du lebst und unerschütterlich mit Mir verbunden bist in deinen Erdentagen, ebenso wie in der Zeit der reinen Geistigkeit, die deines Wesens götterherrlichen Entwurf veredelt, sensibilisiert und durch Äonen weiterträgt bis zum Erreichen wahrer Menschengöttlichkeit in meisterlicher Grossmanier.

Hast du verstanden Schwester, Brüderchen, um was es hier und immer geht und willst du nun dein Schicksal hoch und höher tragen? Sieh doch, wie dir ein liebevolles Götterherz entgegenschlägt, das sich in deinen Runden selber generiert und dazu beiträgt, das Elysische, das es beflügelt, auch in deinen Sphären auferstehn zu sehn. Greif das Gute an und führe damit eine Welt zum Guten. Spende Trost und tröste damit Mich in wunderbarer Übereinkunft mit dem Sein, in dem wir alle sind und unsere Freudenfülle haben. Trachte seinsbewusst und graziös nach Frieden, Heiterkeit und Harmonie und sei, damit die Vielen in dir sind und sich in deinem Göttersein glückselig und geborgen fühlen.

2.9

Rasch, nur rasch und pflichtversessen eine Botschaft an die Welt der hunderttausend Möglichkeiten und Verluste und Gewinste und des Ahnens, dass ein Gott in ihr und darin seinen Bürgen höchst persönlich und geheimnisvollerweis die Fäden zieht, als wär's ein unermesslich Marionettenspiel.

Und ist es eins und ist es keins, es bleibet doch dabei, dass allen Weltseins Vielfalt ein unendlich faszinierend Abenteuer sei.

Wer führt Regie, will Ich hier fragen: unsichtbar ein Meister, der die Charaktere wohlbewusst zusammenführt, damit sie ihren Part im Rahmen einer gloriosen Einheit spielen. Emotionen flammen auf in Fülle, um den Lebenswillen durchzusetzen und versinken wieder im beseligenden oder schalen Nachklang ihres Wütens.

Was auf der Bühne seinsbewusst und kunstvoll vorgetragen wird, muss im banalen Leben abgedämpft und unbewusst geschehn, solang die Leute noch an ihr persönliches und rabiates Ich gebunden sind, statt Meinem überragenden und allgewaltigen Willen zu gehören.

Fühlst du dich vernetzt bis in die tiefsten Gründe der erwartungsvollen Allnatur, so kann deinem fabelhaften Auftritt nichts mehr fehlen. Es ist, dass Ich durch deinen Mund und dein Empfinden und dein Wollen rede. Weltgedanken strömen durch dein Hiersein in des Lebens flutende und blutende Allegorie und führen eine Menschheit höhwärts im Bewusstsein Meiner Götterlustparade, die das Gute schätzt und sich dem üblen allgemach entzieht durch Einsicht, Tatkraft und Bewähren.

So Bin Ich der Allherrscher auf der Weltenszene und beflügle, was da fliegen möchte, Meinen Weiten zu. Ich erbarme Mich der Armgebliebenen und hauche ihrem Geiste Mut und Seinsvertrauen ein, bis sie sich aus sich selber gütestrahlend an Mich halten. Fern von aller Ungeduld, bewahren sich die Seinsverständigen inmitten ihres Wirkens in der Seelenruh und lassen es an Dankbarkeit und Wohlgesonnenheit dem Leben zu nicht fehlen. Ihr hochgesinntes Ich bestätigt, was sie sind in Meinem Weltgebaren und erhöht ihr Sein ins liebevoll allgöttliche Bedeuten. Aus dem Schatten in das Licht sind sie getreten, aus der Leidenschaftlichkeit ins liebevolle Seinsumfangen, das dem Göttersinn gehört und dem holdseligen Vollkommenheit-Erfahren.

2.10
Ich Bin der Gottesgeist im Ewig-Guten, der Avancierte, der sich unablässig transformiert, um auf der Höh zu bleiben. Du bist mitten in den Strudel des Verwandelns und Behandelns, des Erneuerns und des vorwärtsdrängenden Elans hineingerissen und kommst nimmer aus mit dem, was du gebüffelt und gelernt in deinen Jugendtagen.

Ich Bin und webe Wirkkraft, Wachsamkeit, Wahrhaftigkeit und Tugend in Mein Sein der hunderttausend Jahre und noch immer eins darüber in der Lebenszeiten grandiosem Streben. Nichts und niemand tastet Mich hier an, wo Meines Seins Erleben sich in absoluter Lauterkeit vollzieht und ewiges Genügen Mein Bewusstsein ziert im Allumfangen.

2.11

Gebundenes will Ich dir lösen und das Gelöste wird für immer Mir verbunden bleiben in der Hoheit Meines Seins-Gehabens. Mein Stern soll leuchten über dir, damit du aller Wege sichtig wirst, die zu Mir führen. Ich fächle deinem Weltschmerz, wie von Palmen, Kühlung zu, damit du heiteren Gemütes bei Mir ankommst nach ereignisvollen Tagen.

Was Ich dir zugesteh, sind abgrundtiefes Hoffen auf das Wunderbare, das Ich dir bereitet habe, ebenso wie das Vertrauen auf die Herzensgüte, mit der Ich alles Angefangene in dir zu einem gloriosen Ende führe. Denn fest steht, dass Mein Wille jeden andern haushoch übersteigt und dass kein Weh und Ach der Welt so mächtig ist, als dass Ich es nicht liebevoll und zärtlich in Mein Sein erlöste.

Kontinuität von beiden Seiten ist vonnöten, um das grosse Werk zu tun, das Ich Mir aufgetragen habe. Alle Kräfte, Mächte und Gewalten sind dazu gefragt in der Wetterwendigkeit der Zeit, die noch so wenig hat begriffen, was es heisst, das Seinsgefühl in sich zu tragen und mit ihm als Sieger durch das Tor Elysiens zu schreiten.

2.12

Bereitschaft bringt Erfolg, Allbereitschaft dazu noch den Nutzen, offen für Mein Sein zu sein mit seinen Myriaden Variationen. Wenn es dir glückt, das Wesen der Unendlichkeit gebührend zu erfassen, bist du Mir unendlich nah und darfst den Hauch der Freude, der aus Meinen Fürstenhallen strömt, herzinniglich erfahren.

Alles im Fluss der unendlich gesprächigen Zeiten, alles trägt Anfang und Ende in sich. Nur Mir ist's gegeben zu sein und Mein Sein zu erkennen als allüberragendes Faktum im Meer der Geschichte, die Ich Mir beseh. Hier schweigen die Brüder und Güter der Weltschau, das Sinnen und Spinnen hält ein und die heitere Seite des Lebens erreicht ihre Fülle im Glanze der Gottheit.

Das ist nun die Veritá, von der wir ausgehn können in die neue Zeit der Friedefertigkeit, der Einigkeit und Seelenstärke im allgemeinen Seinsgewissen, das Ich an die Welt vergebe. Nimm es auf und sei und lebe, liebe und gedeih im Strahlenlichte des Verklärens.

2.13

Versiert in jeder Sparte Meines Allbefindens, generiere Ich von Fall zu Fall bedeutendere Episoden, Manifeste kulturellen Fortschritts ebenso, wie glänzende Errungenschaften in der Tonmagie. Ich decke alle Kunstgebiete ab, die neues Leben spenden und versorge die Gelehrten ihrer Zeit mit befeuernden Ideen, die Bewegung und Beförderung, Salut und Leuchtkraft in die Lebensszenen bringen.

Nichts Wirkliches geschieht und ohne, dass der Plan dazu von Mir erdacht und ausgetüftelt wurde. Bis an die allerfernsten Ränder Meines Seins gestaltet sich Mein Einfluss als entschieden förderlich und loyal, verbindlich, schöpferisch und gediegen. Nichts und niemand kann sich noch der Faszination entziehn, die Ich allüberall verbreite in gewählter Rede, schicker Tat und lauterm Sinnen in den genialen Häuptern, die die Wägsten und Bewusstesten der Länder Meiner Obhut zieren. Von Fall zu Fall kann Ich Mich unbedingt auf eine Geisterschar verlassen, die Zucht und Ordnung, kerngesunde Ansichten und hochvernünftige Bedingungen des Seins zum Vorschein bringen, ohne weltfremd und verstiegen, ketzerisch, verschlagen oder rabiat zu sein.

Ich mach es allen leicht, entschieden, lammfromm oder listig zu agieren, indem Ich sie von innen führe und ihr brodelndes Gedankenarsenal mit klaren Definitionen und Verbindungen durchzieh, die silberglänzende Erfolge und mustergültige Beweise Meines Könnens bringen ins Allhier.

Nun sag, wer wollte nicht an Meiner Seite durch den Aufwall der Äonen gehn, in denen soviel Glückverheissendes geschieht und soviel Seinsbegeisterung Triumphe feiert auf den Plätzen, wie in den besinnlich dargestellten Stuben, wo die meisten weltverändernden Erfindungen geschehn. Wer in Mir ist, muss sich um nichts mehr sorgen, wer Meine Züge auf dem Antlitz trägt, braucht nimmer andere zu suchen. Geschwind und sicher führ Ich Meiner Seinsvasallen Zahl zur seligen Empfindung aller Güte und Gerechtigkeit hinan und lasse sie den Nimbus der Allgegenwart erleben. Auferstandene sind sie ins Reich der himmlischen Gerechtigkeit am Sein und Leben und Erfüllte von der einen Melodie: Ich Bin und Bin das Einzige, das ist und das Mich stärkt, indem Ich unablässig von ihm zehre. Ich Bin das Glück der Welt und aller Liebe leuchtendes Umfangen, jetzt und da und dort und innig, warm und wunderbar in gottgewollten Wesenszügen.

2.14
So bist du denn allein in Mir und bist ein Manifest der Hoffnung auf ein glanzvoll inszeniertes Wiedersehn mit dem, was Ich dir Bin in jeder Faser deines Wesenseins und jedem Sinnspruch, den du selbst poetisierend vor dich hinlegst, sei's geschrieben

oder bloss gedacht in wunderbar gewundenen Sentenzen.

So wie das Meine zeichnet sich das Deine aus durch Flusskraft sprudelnder Lebendigkeit und farbenfliessendem Gestalten, illusorischen Begreifens einer Landschaft oder eines liebelächelnden Gesichts vor deinen Augen. Mit Schöpferkraft begabt, baust du dir selber eine Welt der Illusionen und Verstiegenheiten immer höheren Grades, die dich stets weiter wegführt von der einen Wirklichkeit des Seins, in der Ich Mich erkenne und benenne als Ich Bin, derweil auch du dein wahres Selbst genauso als Ich Bin benennen dürftest, in wunderbarem Selbstgenügen.

Das ist der Stoff aus dem die Träume sind, magst du dir sagen, doch Ich sage dir in allem Ernst: der Wohlklang deiner sprossenden Gedanken ist ein Zeichen der Allwürde, die Ich insgeheim in dich gelegt und die dich fähig macht, in einem Augenblick extremer Wachheit alles zu umfangen, was da ist und was im Einen seine innigsten Triumphe feiert, liebelicht und wahr.

Gerade du bist dazu auserlesen, Wind der Wahrheit, Ausbund der Geschicklichkeit und Blüte der Allherrlichkeit zu sein in allen deinen Äusserungen, Gesten und Betriebsamkeiten, die nichts weiter als die Meinen sind in dir. Lass es dir gesagt sein, dass dein Fortschritt und Genie denselben Namen trägt, den Ich seit Urbeginnen trage. Meine Werte sind die Deinen, alle deine sind von Mir und sind ein unerschöpfliches Vereinen im gesegneten Allhier. Schaffe dies und das, lass Ich dich wissen und suche es in Meiner Art zu tun, um dann ewigkeitsbeflissen wieder seliglich Mir zu ruhn. Denn die Bürde deiner Tage löst sich ins Bewusstsein auf, dass Ich dich in Mir ertrage in des Lebens Sternenlauf und dass alles gang und gäbe immerzu im Dort und Hier, wohlbewahrt an Meiner Seite läge. Sag Ich Vielgeliebter dir: lass dich von Mir umfloren und sei still der Wonne Meines Seins in deinen Horen zugetan, unverdrossen himmelan.

2.15

Den Weg zu Mir als Ziel vor dir zu haben, ist des Seins untrüglicher Gedanke, der deine Wohlfahrt fördern soll, wie deine Wachsamkeit und Wonne in den Sphären Meiner Zärtlichkeit und Ruh.

Wo Bist du, muss Ich dich in allem Ernste fragen, wenn du so gedankenschwer umherschweifst, ohne Mich in dir zu finden. Läutere den Sinn und lass allein, was Mein ist, in dir tagen. Zünd die Kerzen neuer Hoffnung in dir an und sieh beseligt, wie die Flämmchen Mir entgegenstreben. Komm und wende dein Bestreben blank und artig Meinem zu, damit die Erdenkräfte schmiegsam, folgsam und gehörig mit den Himmlischen sich vereinen und mit allem, was da ist und tauche seelenselig ein in Mein umfassendes Befinden. Nichts gibt es ausser Mir und so ist alle Not und aller Übermut der Welt aufs Zierlichste und Zärtlichste mit Mir verbunden. Bade dich in dem Gedanken, dass du in Mir Bist, wie's Kindchen in dem Mutterschoss und sei getrost in Mir in deinem unbeholfnen Stil. Denn was Ich in dir Bin, hebt dich hinan in übersinnliche Bewusstseins-sphären und lässt darin Gedankenschärfe, Seelen-sicherheit und Schaukraft fliessen. Aus Bitterkeit wird Himmelsbrot, aus schluchzender Blamage Seinsbewusstheit, Liebeslicht und Sternenstrahlen. Weide dich an deinem Sein, will Ich dir sagen und behaupte dich in deiner Ehre, als Gottseliger und Seinsverklärter, jetzt und künftig, heiter, selbst-bewusst und sonnenklar.

2.16

Kaderschule Gottes kann man nennen, was Ich hier betreibe, in der Art der Wege zu den Höhen der Beschauung und Berichtigung der Illusionen, denen sich das menschliche Bewusstsein allsolang ergab. Nun heisst es tüchtig vorwärts drängen und mit neuen Werten neue, unbescholtne Ziele anzugehn.

Jeder ist zu einer Denkart und Bewusstseinsstrategie berufen, die sich am Erkennen der markanten, göttlichen Gesetze nährt, die Ich der Welt vergeben habe. Was da geschrieben steht, ist oben ebenso wie unten etabliert und offenbart dasselbe Sein in allen Regionen, Bastionen, Pflanzungen und Pflichten, die da sind und denen angemessen Wachheit und Respekt, Phantasie und Zeit gewidmet werden soll im Skizzenbuch des Lebens.

Sieh nun zu, dass du die durcheinanderwirbelnden Gedanken auf den Nenner bringst der Götterklarheit in Bezug auf ruhig dargestellte Logik der Begriffe und Begebenheiten, die sich, eine zu der andern nahtlos aneinanderreihen sollen, um dem Ganzen Sinn und Ordnung, Wohlfahrt, Leben und lebendiges Erspriessen zu verleihen.

Du Bist und weisest damit ein erklecklich wie auch schrecklich Mass von Meinen Zügen, Meiner Zucht und Meinen Zügellosigkeiten auf, die es ins Weltenspiel zu integrieren heisst, um mit ihm und nicht gegen es zu operieren. Lass dich da mit deiner guten Seite ein und mache dir bewusst, wie glänzend Meines Seins allgegenwärtige Parole lenkend und beschirmend eingreift ins Geschehn. Alles ist in Meinem Heil und Meiner Herrschaft zu begreifen, die in geistiger Potenz, Wahrhaftigkeit und Güte hinter allem stehn, was ist. Sieh dich in sie eingefügt, als Perle makelloser Schönheit und allherrlichen Verklärens. In Meinem Sein ist deines

eingeschlossen als erstrahlendes Idol der Gottes-
stärke, der Behutsamkeit und Seelenseligkeit in
einem. Mit diesem Wissen wandelst du durch alle
Zeit in Freiheit und Gediegenheit dahin und lässest
dich vom Wohllaut des Allewigen aufs Zärtlichste
verwöhnen.

2.17

Mal hier, mal dort wird feierlich und aufgeräumt ein
Fest betrieben zur Bestätigung der Seinsgeselligkeit, in der wir alle sind und uns erleben.
Bruderbund und Schwesternbund will Ich hier
nennen, was sich unter einem Dach vereint, um
neue Einsicht zu gewinnen und dem Eins- und
Einigsein ein Freudenlied zu singen.

Das wird nun alles unbewusst in Mir getan, derweil
Mein Zelt der Andacht und der guten Hoffnung, der
Transzendenz und der Unendlichkeit sich breitet
über sie wie eine Riesenglocke reiner Geistigkeit,
die alles Irdische voll Wärme und Gelassenheit,
Manierlichkeit und Minne mild umfängt, um es aus
seiner Unbewusstheit in die märchenhafte Grazie
des ewigen Wachseins zu erheben.

Das Leben, das die Menschen für sich führen, ist
suspekt in Meinem Sinne, weil es noch allzuviele
Mängel an Erkenntnis aufweist, die alle weg vom
Fenster in Mein Reich der Unvergänglichkeit und
Glorie des Himmels führen. Es gibt nur eins: Dass
sie sich vehement auf das besinnen, was sie sind,
um dabei zu entdecken, dass ein Anderes sie
formte und lebendig machte und noch immer macht
und sie das Wer nicht wissen können, selbst in ihren
kühnsten Spekulationen. Da erbarme Ich Mich ihrer
Unbeholfenheit und lasse sie durch jene, die noch
lauschen können, wissen, dass die Menschen alle

Mich sind in der letzten Konsequenz und fabelhaften Unbescholtenheit, die ihnen eigen.

Erst in dieser Perspektive wird ein Wesen wahrhaft frei und froh in seinem Sich-Behaupten und es hangelt sich galant und voller Gleichmut, hoffnungsträchtig und gezielt voran, um Weltendinge zu vollbringen und das Lied der Einigkeit zu singen mit allem, was da ist und was die Fülle und das Glück begründet, das schon immer in der Gottheit heiligem Schoss verborgen war.

2.18

Mein Markenzeichen ist der Minnesang an allen Ufern der Gottseligkeit, in der Ich wese. Nimm hin, nimm her und koste auch davon, will Ich dir sagen, denn das nie Verebbende hat die Tendenz, sich auszuteilen und vorauszueilen in beglückender Manier.

So soll es von Mir heissen: Wunderbar sind seine Werke, Kraft und Segen hängt an ihnen und sie sind vom Duft der Lauterkeit und Liebe überschwebt.

Noch eh der Morgen graut, sollst du vom Lager dich erheben und auf deine Weise Mir entgegenwandern, mutig, unablässig, zeitenlos. Du wirst dir einen Schatz fürs Ewige erwerben, wenn du dich dem Fluge lichter, seliger Gedanken hingibst, währenddem du unbemerkt dem neuen Tag entgegengehst. Du wirst dir Meiner Gegenwart bewusst in deinen Gütern, in der still beglückten Sphäre reiner Geistigkeit, in die du sinnend und gewinnend eingetreten. Das verbindet dich mit Mir und hebt dich in das Fluidum des Ewigen, das dich umgibt, durchflutet und beseelt in immerwährendem Beglücken und Berücken, wenn du's nur erkennen magst in deinem Wunder, Mensch zu sein und zugleich Gottes liebevoll Verklärter.

Geh in dich und du wirst selige Heiterkeit und Seinsgelassenheit verströmen, wandle dich und deine Wege werden Meine sein in Freiheit, Seinsgetragenheit, Holdseligkeit und Minne auf des Gottes ewig freudenreichen Spuren.

2.19

Ebenmass und Virtuosität im Handeln prägen Meinen Götterstil in allen Regionen, wo Ich Mich des Seins befleisse und voll Rührung und Verführung walte im Allhier. Mein Hang zum Ordentlichen überträgt sich Stuf um Stufe in der Hierarchie der Meister und Gesellen, Wichtigtuer, Zähnefletscher und Geranten, bis hinunter zu den frommen Lämmern, die von Luft und bissigen Befehlen leben. Eine Saite höherer Ordnung schlag Ich in allen an, die Mir gebührend Achtung und Tribut entrichten, womit Ich sie zum Licht und zur beseligenden Wahrheit führe.

Was Ich immer arrangiere, ist vom Wohllaut der Verbindlichkeit mit Mir getragen und atmet Reinheit, Tugendhaftigkeit, selbstlose Wachheit und Ent-schiedenheit, wie Ich sie dringend brauche. In wohlbemessnen Räumen pflege Ich der Ruh, denn in ihnen tritt Mir Übersinnliches entgegen. Es lechzt die Seele nach dem Wissen um ihr Sein und was sie kennt, kann sie auch gut gebrauchen in der Weltverlorenheit, in der sie Meiner Zeichen inne werden will zu ihrem Heil und Auferstehen. Es ist die reine Liebe, die sie führt in ihrem Bangen, der Gottesstern, der ihr am Himmel ihrer Sehnsucht leuchtet. Von ihm darf sie Befriedung und Gelassenheit erlangen und darf erfahren, was es heisst, in Meinem Licht und unter Meinen Fittichen einherzugehn.

3

Appell an alle Weltenbürger

3.1

Gerade so, wie Ich's erfühle, fülle Ich Mein Sein mit liebenswürdigen Gedanken und mit dem Appell an alle Weltenbürger, es Mir gleich zu tun in Einfalt, Gläubigkeit und artigem Benehmen. Wie ein Ei dem anderen soll deine Psyche Meiner gleichen in Bezug auf die Erkenntnis, dass Ich Bin ein Seiendes, dem in der Fülle seiner Gnaden nichts hinzuzufügen wäre, was es besser stillte und mit Lebensseligkeit begaben würde in der Tat. Wovon Ich koste, ist wie mit Flammenschrift in den gottseligen Sternenraum geschrieben. Denn von dorten strömen Mir die Geisteskräfte zu, die allem, was Ich Bin, die Gotteswürde und Vertrautheit mit Mir selbst verleihen, die nötig sind, um Mich in einem Dasein der Allherrlichkeit der Himmlischen und Ewig-Heitern zu erfühlen.

Gebändigt ist in Mir der Wunsch nach mehr und besser und erhabener, als Ich es in der Fülle Meiner selbst schon wäre und so schallt Mein seelenvolles Freudenrufen frank und frei und seinsbegeistert durch die strahlenden Bewusstseinsräume, die zu füllen Ich Mich rühme und erkühne und an deren Wirklichkeit Mein wundervolles Weltbild sich entzündet und belebt.

Von Dignität erfüllt, bewahre Ich Mich tiefbewegt im reinen Meiner Grazie des Himmels, die Mir jene Sternenweisheit und Getragenheit vermittelt, die genügen um vollkommen unbeschwert und liebestrahlend, makellosen Sinns und ewig heiteren Gemütes einfach da zu sein in Leichtigkeit, Allherzlichkeit und Seelenharmonie.

Ich traue Mir Vertrautheit mit den höchsten Rängen der Gottseligkeit in Universenweiten zu und entflamme Mein Bewusstsein mit dem Zauberwort Ich Bin und bin das Es, an dem schlussendlich alle Weltendinge unvermittelt hängen: Ton in Ton,

Gebärde in Gebärde und Gewissenhaftigkeit im Seinsgewissen, das Ich vollbewusst und siegessicher in Mir trage.

Als Freigesprochener verehre Ich Mein Sein dem Sein an sich, von dem Ich alles Sakrosankte, überwältigend Beglückende und Liebenswürdige empfangen habe. Und ehre Ich damit Mich selbst, so ist es das Empfinden einer Ehrfurcht vor der eignen Grösse, die Mich zu Bescheidenheit und Demut führt im allerwürdigsten Benehmen.

Was erkannt ist, bleibt erkannt und sei es die Unsterblichkeit, die Ich Mir so errungen habe. Auf dich gemünzt, wird alles sich genauso meisterlich verhalten, wenn du nur zur Einsicht fähig bist, dass du ein Unikum der Universenweiten darstellst, als das Ein und Alles, das sein eignes Weltbild generiert im bedeutungsvollen Aneinanderfügen aller Bilder, die es sich ersinnen mag. Du musst es nur in Einklang bringen mit dem Einen, das in seiner Einfalt und Beständigkeit, dezenten Zartheit und Verbindlichkeit nicht mehr zu überbieten ist im Unerschöpflichen, an dem es ständig sich erlabt.

Jeder Anfang ist ein Neuempfinden Meines Disponibelseins für alles Hohe, Mustergültige und Geniale, dem Ich Mich seit eh und je gewidmet und verschrieben habe. Deswegen träufeln Mir selbst noch die grössten Seinsgewitter innige Labung zu und versetzen Mich in eine Euphorie am Sein und Leben sondergleichen, die alles gut macht, was im Ringen Aufwand forderte und was nun rein gewordnes Singen ist in der Verehrung Meiner Gottestaten.

Vom Liebesrausch beseelt, den Ich Mir angetrunken, preise Ich den Wohllaut Meines Seins, mit dem Ich alles, was Ich Bin, umschwebe. Einzigartig und geschwisterlich zugleich verweile Ich im absoluten Guten und bezeichne Mich als den mit Himmelslicht Verklärten ohne Wenn und Aber, innig, seinsbeglückt, geweiht durch das Geriesel der Äonen, liebelicht und wahr.

3.2

Reine Seligkeit erwartet dich in Meinem Aufzug und Talar. Was merkst du, wenn du Meiner dich versiehst, indem du alles fahren lässest, was behindernd an dir hängt in deinem Dich-Betragen? Dein Bewusstsein weitet sich in die Gewahrnis Meiner Souveränität und Würde, Unerbittlichkeit und königliche Grazie - der Unbedachtheit gegenüber, die noch weit und breit die Lebensfelder überzieht.

Versuch, dich selber anzuschauen, als in mannigfaltige Konflikte Eingeschnürter und bereite dir den Hochgenuss, die Unbeschwertheit Meines In-dir-Gegenwärtigseins zu konstatieren. Was sind alle deine Sorgen gegen das Unendliche, Unsterbliche und Unerschöpfliche, das in dir west und sich als deiner Stärke Banner, Flügel und Idol erweist in allen deinen Hoffnungen und Überzeugungen, die dich in grandiosen Schritten Meinem Glanz und Meiner Glorie entgegenbringen. Nicht du in deiner Einfalt sollst dich um die Lösung der Verstrickungen bemühn, in die du lässig dich begibst. Du brauchst sie nur an Meine Hoheit zu vergeben, innig bittend und bejahend, um dich in einer neuen Weltschau und Bewusstheit gegenwärtig und gestählt zu wissen.

Was dich formt und Freimut von dir fordert, ist der Duktus der Erhabenheit, der sich von Mir auf das geschöpflich Dargestellte überträgt, um es mit Nonchalance und Generosität, Behutsamkeit und Heiterkeit zu Mir emporzuheben. Da ist es dir unmöglich, so verbissen und in dich vernarrt die

Wege Meiner Gunst und Güte zu beschreiten, ohne noch ein Quentchen Meiner Solidarität und liebevollen Pflege, Würze und Verspieltheit in dir aufzunehmen. Ganz allmählich wirst du dich auf Meiner Seite etabliert und eingerichtet sehn.

3.3

Herzbewegtheit und Entschiedenheit ist alles, was Ich Mir für dich erwünsche in der Tage Resonanz und Solala. Zierlich und manierlich sollst du alle Klippen überwinden, die sich dir entgegenstellen, im Bewusstsein der bedeutungsvollen Energie, die Ich dir gnädiglich verleih für die Erfüllung deiner wunderlichen Pflichten. Ich strebe mit dir neu erfundnen Horizonten zu in lebelanger Akribie des Lernens und Gewinnens neuer Einsicht in das so verwirrlich angelegte Weltsystem. Beherrschen musst du es in abendteuerlustigem Begehren, wie im Seinsvertrauen, das Ich unmissverständlich in dein Herz gelegt. Es atmet Überlegenheit und Stärke des Empfindens Meiner Gegenwart in allen Dingen, Situationen und Verbindlichkeiten, die da sind und süss und sauer, mild und ranzig deinen Weg bekränzen. Immer steh Ich über dir als Vater der Gerechtigkeit und Vetter einer innigen Verwandtschaft, die schlussendlich ans Lebendige geht. Inmitten Zank und Hader Bin Ich dir die Säule des gerechten Handelns und der Liebenswürdigkeit am Werk, das du zu tun begehrst in Meinem Namen, Auftrag und Vollbringen. Ich schätze, was du Bist in siegessicherer Manier und weltenmännischem Benehmen, weil Ich darin Mich entfalte und im Schwung erhalte über Weltenzeiten hin.

3.4

Aus der Fülle in die Fülle strömt Mein sinnen-
freudiges Relieve und schüttet Seinswahrhaftigkeit
und Weisheit in die Lebenssphären. Ewiger Betrieb
und ewige Ruhe zugleich sind die Markenzeichen
Meines majestätischen Gebärdens im Allhier. Was
Ich immer unternehme, atmet heitre Unbeschwertheit, Wachheit und Bewusstheit des Gelingens,
denn allem, was Ich an Ideenkraft und Tatenfreudigkeit um Mich verbreite, kann sich nichts
entgegensetzen, ohne dass es ausgebootet und
blamiert wird von dem Fortschrittswillen, dem Ich
ständig Wirklichkeit verleihe, auch in dir. Ruhig
streiten und der Zukunft einen Weg bereiten ist dein
Los in Meiner Weltenstrategie und Meinem Drang,
Mich zu vergeben und voll Güte zu verweben mit
allem, was da ist und Sehnsucht nach Vollendung
und Beglückung in sich trägt.

In Mir ist alles Aufbruch und Bewähren, Seinsvertrauen und Gewissenhaftigkeit am grandiosen
Universenwerk, das Ich vollbringe. Wisse dich als
Teil davon und zugleich als das Ungeteilte, das in
sich bedächtig und glückselig, von sich selbst
entzückt und in sich selber wunderbarerweis
geborgen ewig west und ruht.

3.5

Gefasst, final und heiter steh Ich hinter jedem noch
so ausgefallenen Projekt, das Ich gedankenschwer
und sinngerecht verwirklicht habe. Ein jede Silbe
jeden Worts, das Ich darüberhin gesprochen, hab
Ich auf die Waage des Gerecht- und Ange-
messenseins gelegt, um Meinem Werk Vollkommenheit und Grazie des Himmels zu gewähren.
Noch immer Bin Ich Licht allein in Meinen Reichen,
Bin unermessliche Gedankenschärfe und das

Empfindende an sich in nie verblühender Gewandtheit, Zartheit, Lauterkeit und liebevollem Mitgefühl mit allem, was Ich denkend Mir erschuf. Verbindlich und doch ungebunden lass Ich Meiner Kräfte Vielfalt allweit spielen, um Mein virulentes Sein zu pflegen und dem Sinn darin Bestätigung und freien Auslauf zu gewähren. Mein Bewusstsein ist ins Grenzenlose vorgestossen und erfüllt sich in allheiteren Gesängen über seines Freiseins Zier. Zu wundervoller Wachheit darf es sich erheben und sich in subtilsten Regungen im All ergehn. Die Wissenschaft der Sterne ist Mir federleicht ins Herz geschrieben.

Eins mit allem seh Ich selig einem neuen Menschentag entgegen, in des Seins Behutsamkeit und Stil, seh In dem Strahlenlichte das Unendliche sich verschweben und die Himmelskräfte auf der Erde fürbass gehn. Ihre Güte darf Ich hier erwägen, darf Mich ihrem Hiersein ganz vertraun und darf in beglückend reinem Streben ihres Strebens Wohllaut schaun. So ist Allsein ewig mit sich selbst verwoben und erfüllt sich im beglückten Tun, ebenso wie, hoch dort oben, im beseligenden Ruhn.

3.6
Ein gezäumtes Pferd Bin Ich, dem Reiter zu gefallen, der mit Mir über Stock und Stein in weite Fernen schweifen will der göttlichen Natur. Du hast die Wildheit Meiner Art zu zähmen, hast gedankenvoll zu schweigen, wenn Ich Meinen Sermon dir vergeb. Noch ist des Lernens viel zu absolvieren, Meinem Ziele zu, dich ins Bewusstsein reiner Geistigkeit zu heben, wo du Meinem Sein gemäss das Deine findest in der Lauterkeit der Gottessphären. Ich geruhe nicht zu übertreiben, wenn Ich explizit darauf zu sprechen komme, dass du Meines

Geistes Kind und Bruder bist im Reich lebendigen Lebens, in das Ich traulich dich entführ.

Nun nenne Mir ein andres Unterfangen, als dies Eine, das dir frommt vor allen andern, die du unternimmst in deinem schwärmerischen Dich-Vergluten. Wie kommt es, dass so wenige noch diese hohe Ansicht pflegen? Das ist, weil noch so manche, sagenhafte Lustbarkeit sich dir entgegendrängt, um dich gebührend und verführend für sich einzunehmen.

Lassen wir das Leben sich versprühn, doch sollen wir ihm Sinnkraft und Gedeihn vergeben, Heiterkeit des Ewigen und Seinsglückseligkeit in der vollkommnen Übereinkunft mit den Höhn.

3.7

Liebe, Freude, Frieden und Geduld versende und verwende Ich zum Guten einer Welt von Herzlichkeit und heiterem Beginnen mitten in der Menschheit Flor. Gestalten und Verwalten, Offenhalten und den Nimbus des Barmherzigseins betonen, sind Mir eine heilige Pflicht allüberall, wo Ich behutsam einen Lebensraum betrete.

Makellos und wortlos setze Ich den Strom der Angelegenheiten und Bedürfnisse in Szene, die das Hiersein prägen und Gewinne und Verluste generieren nach dem Mass der Einsicht der beteiligten Gemüter ins Geschehn.

Ich rangiere hin und her und auf und nieder bis die Züge, Richtungen und Argumente stimmen, die das Ganze weiterbringen nach der Absicht und dem Wohlverstand, die Ich dem schicksalhaften Weltsein gegenüber hege. In nie verebbendem Vergüten treibe Ich die Generationen an zum Lernen, welche edlen Früchte das Vereintsein in der Menschenliebe zeitigt.

Vom Unergiebigen und Ungeliebten zur Allherrlichkeit will Ich dich bringen, indem Ich dir die Wurzeln deines Seins vor Augen halte, ebenso wie das, was dich im Künftigen erwartet, wenn du nur mit wachen Sinnen, mit Vertrauen und Begeisterung durchs Leben gehst und bestrebt bist, Meinem Lockruf ins Unendliche zu gefallen. Ich bettle nicht, doch leg Ich alles Seinsgefällige und Liebenswürdige behutsam vor dich hin, um dich zur meisterlichen Tat zu animieren. Aufbruch zu den Sternen will Ich nennen, was Ich so in dir begehre und Erfüllung allen Seins mit Freude und Glückseligkeit, was dir bevorsteht im bewundernswürdigen Allhier.

3.8
Nur die Söhne Gottes wissen es, wie sehr sie sich für immer auf sein hehres Wort verpflichtet haben. Was sie wissen, müssen sie auch tun mit unnachgiebigen Willens Majestät und mit der Nonchalance, mit der die Götter ihre Sendung zu vollbringen haben. Auch du wirst einmal für das Ausserordentliche, das dich prägen soll, empfänglich sein und wirst es schaffen, ohne jeden Abstrich Meiner Spur zu folgen, die Ich seinsgewandt und wunderbar verschlungen vor dich lege. Alle Wege führen nicht nach Rom, doch der Meine leitet dich unweigerlich in das Unendliche hinein, das Meine Heimat ist, Mein Geistesraum und die verehrte Stätte Meines Wirkens im Allhier.

Es kommt die Stunde, ja sie ist schon da, wo du dich frei heraus entscheiden musst, ob deine künftigen Taten Mir zu gelten haben oder minderen Gebietern über destruktive Reiche, die verhängnisvoll an deiner Laufbahn zehren. Ich will dich dazu animieren, ungesäumt des Seinsvertrauens Wege zu begehn und weder Müh noch Not zu scheuen, um gewissenhaft und tapfer des Allhöchsten makellose Lehre peinlich zu befolgen und darin die allergrösste Seelenheilkraft, Tugendhaftigkeit und Seinsbestätigung zu sehn.

Was du herzinniglich und sehnlich suchst, wirst du in Fülle auch erlangen, so wie Ich's für aller Augen aufgeschrieben habe. Doch wisse, dass du dich zutiefst mit Mir verbunden fühlen sollst, um wahrhaft Grosses zu vollbringen und schlussendlich Mir allein das Lob zu singen für die Glorie und Hoheit, die Ich dir gewähr. Mach es dir zu eigen, dass du Bist und reiche Mir die Hand, dass Ich dich ehrenvoll hinüberziehe in Mein Reich der hunderttausend Schöpfergnaden und Vergünstigungen, die Mir zu Gebote stehn. Einmal wirst du des Unendlichen Erhabenheit und Klang erfahren, die schon jetzt, in deines Herzens Gral versunken, mit dir fürbass gehn. Dann gehörst du zu den auserwählten Trägern Meiner lichten Daseinsmelodie, die alles, was sie anrührt, tief beglückt und eine Augenweide ist für Herz und Sinn im Wunderbaren.

3.9
Laufruhe und gesegneten Appell an die Gefilde reiner Wohlfahrt will Ich in allem. was Mir so geschieht. Im Überschauen Meiner Güter, setz Ich Mir ein Zeichen für Gelassenheit und Ruh und lasse Mich in diesem sakrosankten Vorgang nimmer stören.

Das ständige Gelispel von Gefahr, Verzug und Willkür in den Tiefen lass Ich tunlichst fahren und beschäftige Mich voll Entzücken mit dem, was Ich wirklich Bin in seinsbewusster Würde und Gelassenheit, Verspieltheit, Liebenswürdigkeit und Eleganz im Handeln und Bestehn. Das freie Über-

Mich-verfügen-Können ehrt Mein Dasein und beschert Mir eine Fülle von beschwingten und bewundernswürdigen Gedanken, die alle auf Vollendung und vollendete Bewusstheit zielen.

Entspannt und gütig wese Ich im Sinnkreis Meiner selbst und lasse Meine Schöpferkräfte kühn und allweit sich verspielen. Reizende Gebilde seh Ich sich in Mir entfalten, Urgewalt bricht aus und schäumt und zischt und sprudelt neues Leben in den Äther der Gerechten und Erhabenen. Lustvoll und vereint mit Meinen Chören überwalte Ich Mein Sein in letzter Konsequenz und adle es, indem Ich in ihm Meiner Lichtheit und Glückseligkeit Befund aufs Allerzärtlichste verstrahle.

3.10

Wie findet man das, wie stellt man es ein, was Ich dir heute besage? Sie muss nicht immer offen sein, die leis geführte Herzensklage. Warum Bin Ich munter und du bist betrübt in deiner Schicksals- geschichte so gross? Weswegen geht Mir die Sonne der Liebe nie unter und dir ist das Weltengetriebe so seelenlos? Das ist, weil du den Faden hast verloren zu Meiner Innigkeiten brüderlichem Schoss.

Gelobt sei, wer Mich findet in seines Herzens hoheitsvollem Gral und sich dem Ewigen verbindet, geheilt von aller Bitternis und Qual. Du wirfst dich auf und sinkest vor Mir nieder und hast gelernt, bescheiden, dankbar und devot zu sein vor dem, der alles in sich trägt und trägt auch dich verheissungsvoll und sicher wieder zu den Gefilden reiner Sehnsucht, Seligkeit und Ruh.

Marmoriert ist deines Schicksals Säule von ganz unten bis zum himmelstrebenden Final, ein Koloss aus Wagemut und kläglichem Versagen. Da füge

Ich's, dass Meiner Weisheit Stärke dich begnadet und dass du nimmer Meines Halts entbehrst. Das ist nun deiner Rettung Raum, dass du in Mir dich findest und dich wie neugeboren siehst und auferweckt aus Schlaf und bangem Träumen. Es ist ein Wunder dir geschehn, dass du verklärt und jubelnd Mir darfst angehören und bist befördert und geehrt in Meinen Rängen und Gottseligkeiten. Du Bist und weisst es zu erkennen in heller Einsicht und gedankenvoller Euphorie und willst Mich immerfort beim Namen nennen als der Geliebte deines Wohl-verstands in wunderbar gesegnetem Erwarten.

Warst du auch arm und bloss, bist du nun wohl dotiert mit schicken Geistesgaben und lächelst deiner Zukunft Wonne zu. Du bist gestillt und in dir hocherhaben, weil Meine Güte und Mein Recht dich stählen. Freude über Freude darfst du so erfahren und in Mir getrost und wohlgeborgen sein, darfst in Meines Sonneseins Glückseligkeit erstehn und dich in der Bewusstheit deiner selbst begeistert wiegen. Das ist es nun, was dir und allen zugehört in Meines Seins geheimnisvollen Gärten und was das Ende mit dem strahlenden Beginn vermählt in ewiger Jugendfrische, Heiterkeit, Beschwingtheit und hold-seligem Befrieden.

3.11
Wünschest du beliebt zu sein, trag Sorge zu den Deinen und beehre sie mit kleinen, köstlichen Geschenken, die deiner Herzlichkeit entspringen. Mach es wahr, dass du von einem Menschenkreis umgeben bist, von dem dir Wohlgesinntheit, Achtung und Geselligkeit entgegenströmen, die dem Leben Charme und Wohlbekömmlichkeit verleihen.

Der Himmel deiner Träume wird erst durch die Freude jeder Freundschaft schön, die du zu fördern weisst und weisst mit deinem Herzblut zu beleben. Genauso ist es mit der Freundschaft, die du mit Mir pflegst. Es wallen wohlgesittete Gefühle her und hin und füllen den geliebten Geistraum mit Erhabenheit, in dem wir uns befinden. Das ist nun unsres Seins Geschick, dass wir uns gut sind immer mehr und voll Vertrauen auf uns zählen können. Was du Mir aus des Herzens Freundlichkeit vergibst, das lässt Mich nimmer los und muss aufs Zarteste und Liebenswerteste erwidert werden. So spannt sich ein bewundernswerter Bogen wahrer Wohlgesinntheit leicht und licht vom Ich zum Du, an dem sich Erd und Himmel innig freuen mögen.

Spende Trost und du wirst wunderbarerweis von Mir getröstet werden, wo dich immer deines Lebens Sorgen arg bedrängen und in Unruh setzen wollen. Ja, dann bist du wieder wie verklärt und wohlgeborgen unter Meinem Zelt der guten Gaben und im vollen Einklang mit der göttlichen Natur, mit der Ich dich bekleidet habe. Komm und sieh und werde, der du Bist in Seinsgeselligkeit und wundervollem Wohlgeraten.

3.12

Unter den erreichten Standart des Bewusstseins musst du nimmer gehn. Hat sich der Pulverdampf in deinen Seelenschlachten ins Abseits verzogen, stehst du als ein Held der guten Sitten vor dir selber da. In Übereinkunft mit den Göttern schmiedest du gewaltige Pläne für die Zukunft einer Welt der brüderlichen Redlichkeit im Teilen der Talente, wie im Wohllaut gegenseitigen Beglückens auf der langen Fahrt ins Ewige der Sphären.

Beweglichkeit, taufrische Findigkeit und Generosität im Neuen-Werten-Raum-Verleihen sind
gefragt im Aufwall deiner Taten. Es geht nicht an,
dass auch nur Einer von den Auserwählten Mir den
Dienst versage, denn auf ihnen ruht der Dom
wahrhaftigen Lebens, der die Menschheit zum so
viel ersehnten Ziele führt.

Ich beglaubige was Mir frommt, sollst du dir sagen
und vollends in Meinem Sinne deiner Wege fürbass
gehn. Was ist denn Heiterkeit, wenn nicht die
Überzeugung, dass die Argumente lauter und
gerecht sind, die du deinem Handeln unterlegst.
Überschwappen wird die Herzensfreude, wenn
nach einem langgedehnten Tag nur gute Taten vor
dir liegen. Sie sind Beweise deiner Einsicht, deines
Könnens und der Liebe zu den Lebensdingen, die
sich eins ums andere zu dir gesellen, um deinen Rat
und deine Hilfe, deine Freundlichkeit und dein
Verständnis zu empfangen.

So wie Ich wirst du im All der Welten deinen Part
bestehn, als ein Gesandter der Natürlichkeit, sowie
des Seins-Gehabens. Du wirst zum Mittler zwischen
dem der Sinnenlust Gefälligen im Erdenrund und
dem das Ewige Begründenden Agens der reinen
Güte, das Ich Bin in dir und allen Wesen Meines
Mich-Verflutens.

Was allein gesichert ist, ist Meine Attitüde der
Beschaulichkeit im reinen Sein von wunderbar
Heilkraft des Befindens. Gereinigt und gestärkt geh
Ich aus aller Weltenabenteuerlust hervor und winde
Mir den Kranz der überbordenden Geschicklichkeit
im Wollen, Lassen und in Meiner unerschütterlichen
Seins-Glückseligkeit bestehn. Des Rätselratens ist
ein Ende, wo Ich Mich in dir gefunden habe, wo die
Sonne aus dem Schatten des Vermutens tritt und
das Seins-Lebendige erscheint, als Ursprung und

Vollendung aller Schöpferwonne und als makellose Trägerin der Gottgefälligkeit durch alle Zeiten.

3.13

Wunderbar ist Meiner Ordnungen Gesetz, Gewicht und Sinn im Weihebund der Sphären. Ich halte ein, was selber Mir gebührt und klage die Verfechter eines Freiraums an von Flitterglanz, Verblendung und Betörung in so ungesicherten Bereichen, dass ein Absturz nach dem andern sich ereignen muss in ihnen.

Konfrontationen unergiebiger Art vermeide Ich und ziehe das Gezähmte und Gewissenhafte vor in Meinem Reichtum der Erwiderungen und Vermittlungen von Meiner Art zu fördern und parieren.

Nicht die geringste Schwäche muss Ich Mir in Meinem Wandel, Handel und Bedeuten eingestehn, denn aus der Fülle schiesst der volle Strahl der segenbringenden Erfülltheit wieder. Aus dem Ganzen Meines Einsseins mit Mir selbst lässt sich nicht das geringste Teilchen je hinausmanövrieren im Gespinst der Zeit und dem Sich-darin-arg-Verhaspeln Meiner somnambul gewordnen Glieder. Ich tränke jedes Unterfangen Meiner Konvenienz und Übermütigkeit mit Urkraft, lockerem Besinnen und bewusstem Wohlverstand in der Manege Meiner Siegestaten. Jeder Stein wird auf dem andern stehen bleiben durch Äonen, wo Ich ihn in glorioser Vielgewichtigkeit und Tragkraft hinbeordert habe.

Es ist kein Märchen, wenn Ich dir erzähle, mit welch märchenhaften Ornamenten Ich den Aushang Meiner Wohnstatt schmücke, Mir selber zum Gefallen und galant dem Lobpreis Meines Anhangs hingegeben. Wachstum fördernd, Breiten- Längen-Höhen-, Tiefengrade unentwegt umkreisend, menge Ich den Wahrspruch Meiner Künste ins Geschehn und überzeuge die erstaunten Geister von der Richtigkeit der brausenden Sentenzen, die aus Meiner Richtung kommen und aus Meinem sakrosankten Seins-Befehl.

Niemals hab Ich Mich versprochen in der langen Periode von bedeutungsvollen Reden, die Ich Mir zu halten auferlegte, denn das Sprechen geht Mir leichten Fluges vom Gedanken ins beseelte Laut-Artikulieren über und es wird, was Ich gebieterisch und rigoros dem Werden anbefahl. Macht und Minne gehen Hand in Hand durch Meine Auen friedevoll einher und bereden sich in tugendhaftem Seins-Disput und nimmermüdem Sich-Ergänzen in der Vielfalt Meiner Angelegenheiten.

3.14
Das All-Schöne Mir zu denken, muss ein Vorzug über allen anderen Zügen sein, die sich um Meine grüne Seite drängen, als überaus Beglückter und Beseelter, licht und wunderbar.

Bin Ich Mir selber Es geworden in der absoluten Klare des Bewusstseins, den All-Weiten hingegeben, habe Ich nichts weiter noch zu tun, als still und sanft dem Sinn zu lauschen, der Mein All-Gegenwärtigsein durchwebt und habe alles, was Ich Bin, mit Licht zu taufen, unendlich heiter und beseligend darin.

Was kann Mir Besseres geschehn, als einer solchen Gnade teilhaft und gerecht zu werden. Was leuchtet milder Mir in silberheller Euphorie, als die Gewissheit, dass Mein universenweites Mich-Verstrahlen Liebe ist von Weltenherz zu Weltenherz, der ewigen Verbundenheit und Zärtlichkeit dahingegeben.

Wer spürt den Glanz Elysiens bestimmter und berückender, als das Ich Bin, in das Ich aufgelöst und leichthin Mich verschwebe. Welchen Seiens Zug erklärt sich lieblicher und jugendfrischer, als der Meine in der Urkraft und Beständigkeit des seinselysischen Geflüsters, dem Ich seit Urzeiten anbefohlen und geweiht Bin in berückender Manie. Es greift ein heilig Feuer Mich im Allerinnersten zutraulich an, von göttlichem Genügen und von nie versiegendem Begüten auf der Spur der Hellsicht und des liebelicht beglückenden Erwartens. Ich weise Mir die allerhöchste Wonne zu, die sich empfinden lässt in Meinem Rosengarten von bezaubernden Aromen. Mein Hiersein ist ein einzig Fest von Zierlichkeit und graziös geschwungener Bewegtheit in der Kunst der märchenhaften Poesie, die Ich Mir zugeeignet habe. Bewusst, wahrhaftig und gediegen ist Mein Seins-Gefieder in der strahlenden Unendlichkeit, in der Ich Mich erhebe und erlebe, lächelnden Gemüts und freudestrahlenden Besinnens.

3.15

Geistesabenteuerlich ist alles, was Ich so erlebe, in der eigenartigen Verfassung, die Ich Mir zum Aufenthalt erwählt. Es ist ein inneres Freisein von der Erdgebundenheit, in die sich all so viele noch mit Vehemenz vergraben. Doch hier in diesem Raum und Rahmen der erkannten Ich-Natur sind ganz verschiedne Tiefen der Versenkung zu erreichen, einmal mehr dem Menschlichen und dann recht dezidiert dem Göttlichen zugetan.

Es ist ein Hin- und Widerfluten des Bewusstseins zwischen dem banalen Sachverstand und dem Erkennen aus der Intuition, die Mir in Fülle dann gegeben, wenn der Zustand reiner Selbst-

Verständlichkeit erreicht ist in des Meditierens Sinn und Segen. Hier nun Bin Ich der bewundernswert geschniegelte und ausgebügelte Verwalter himmlischer Domänen, die seit Urbeginn im wunderbarsten Gotteslichte stehn. Ich rage wie die Spitze eines hohen Bergmassivs hinein in Sphären schierer Makellosigkeit, Erhabenheit und Grazie des Ewigen, in denen Ich beglückt das Sein berühre, licht und schön.

Da geschiehts, dass all Mein Sehnen sich erfüllt, als in dem einen, grossen Ich-Befinden, das eines Gottes würdig ist und das den Sternenraum und ihrer Leuchtkraft Signatur mit in sich einschliesst, wunderbarerweis und hocherhaben.

Was ist Erkenntnis, wenn nicht diese grandiose Schau, auf was Ich Bin und was Ich ewig in Mir bleibe? Was ist der Inbegriff der Läuterung, wenn es nicht diese absolute Reinheit des Empfindens ist, die nur das Geistsein noch umschliesst und allen Zauber der Un-Endlichkeit, in der Ich tief beglückt und hell und heilig wese.

Was vordem Aussen war, ist nun ins Innere heimgekehrt, indem Ich Mein Präsentsein als im Universenfluten feiere, Mir selbst erwiesen und in höchster Euphorie der Seins-Bewusstheit, die Mich zweifellos beseelt. Ein Nimbus der Vertrautheit ist hier aufgebrochen, ausgesprochen und erklärt für Zeiten und für Ewigkeiten in so süssem Klang, dass alle Lauschenden entzückt ihr Häuptlein neigen nach dem Ton und Klingen des begeisternden Idols in ihrem Himmelsseligkeit-Erreichen.

Ich habe nichts mehr zu erwarten, weil Ich allen Anspruch hundertfältig in Mir trage. Das ewige Tagwerk Meines Seins besinnt sich auf sich selbst in überwältigenden Runden, wie in liebelichtem Sich-an-alle-Welt-Vergeben, die da ist und der Erlösung harrt ins übersinnliche Erleben.

Wahre Trautheit ist die Ebenbürtigkeit mit dem, was Ich Mir Bin in Meinem An-Mir-selbst-Gesunden und mit dem Strahl der Hoffnung auf das Unbeschwerteste und Heiterste, das man erreichen kann in Gottesgründen.

Was dümpelst du noch voller Missmut und Verlangen vor dich hin. Brich auf zur vollen Fahrt in Meiner Weiten seins-seraphisches Befinden, transzendiere mit der Kraft des gläubigen Erwartens deiner Hochgeburt im übersinnlichen Azur und mache dir kein Hehl daraus, dass es geschehen wird, bedeutender von Mal zu Mal, in deinen Meditationen, Läuterungen und schlussendlich der Verklärung, die dir alle Himmel öffnet der Begeisterung am Sein und Seligsein in ihnen.

3.16

Memoire in Mir und Meiner Fähigkeit, das Gros der Weltgedanken und Ereignisse in Meiner Sinnkraft zu bewahren. Daraus erwächst der Wandel der Gesinnung und der Taten aller Wesen, die da sind der Evolution verschrieben und der weiterführenden Gewahrnis dessen, was dem Leben nützlich ist und gut und optimal.

Es ist die Kunst des Aneinanderreihens der Erfahrungen, die alles Menschensein beflügelt und erhebt, äonenlang dem endlichen Vollendetsein entgegen. Das ist der Inhalt, der die Seins-Geschichte ziert, von Mir herausgegeben und geführt, mit wachsender Substanz begabt und im Gefühl des Vorwärtsschreitens in den Himmel Meiner Wonne eingeschrieben.

Ich träume von dem überragenden Moment, wo alle Wesen der Vergänglichkeit erwacht sind in sich selbst, so dass sie wunderbarerweis ihr Ewiges berühren. Das zu bewirken geh Ich aus und wandere und walle in der Zeit und in der Innigkeit der Individuen vor Mich hin, bis alles von der Klärung zur Verklärung hin gediehen ist in Meiner Sucht nach Makellosigkeit und makellosem Mich-Erspüren.

Wer begreift schon, was es heisst, ein Heer von Gläubigen um sich zu scharen und ihnen beizubringen, was sie tun und was sie lassen sollen in der herrschenden Bigotterie, die sie sich ihrem Schlendrian und ihren Egoismen zuzuschreiben haben. Danach noch Fairness, Liebenswürdigkeit und Common Sense hinzuzulernen, fällt der Menge schwer und muss zuerst von Einzelnen geleistet und gelehrt und ausgestanden werden, bis die Einsicht sich verbreitet von der Nützlichkeit der Tugend und der All-Barmherzigkeit, mit der Ich das weitoffne Weltenherz verseh.

Mählich, mählich wandelt sich der Seins-Begriff mit Richtung auf die ewigen Ziele, die Ich Mir zum Gegenstand des Wollens auserwählt. Es ist ein aberwillig grosser Kreis zu schliessen, allweit, immanent, von Mir zu Mir, von Seligkeit zu Seligkeit im Seins-Bewusstsein, dessen Zeuge Ich Mir Bin und das die Hügel hüpfen lässt, die Tale ausfüllt und das Ebenmass des Zeitlichen bewirkt, so dass sich alles in der Harmonie des All-Verstehns vereint und sich dem Wonnesein ergibt, im Reich des Daseins, ritterlich geworden, heiter, unbeschwert und wahr.

3.17
So fein das Netz gesponnen, desto feiner kann es immer sein in Meiner Schau des unaufhörlichen Erfindens neuer Nebensächlichkeiten in der kosmischen Allüre, die Ich Mir zurechtgelegt. Wahrlich ist sie Meinem Sinnspruch, Tatendrang, Gelöbnis und Entzücken an der schöpferischen

Qualität, die Mich beseelt, gemäss, die allesamt den Ausschlag geben für das bienenfleissige All-Wirken, dem Ich leidenschaftlich fröne.

Ewig Neues unter Meinen Sonnen will Ich sehn und will den universenweit versprenkelten Gedankenfluss mit Vehemenz, Geduld, Gerissenheit und graziöser Maniriertheit immer weiter unterhalten. Ins Myriadenfache Mich-Verästeln und Verfeinern zieh Ich eine Seins-Kultur von Aufgewecktheit und gesteigertem Empfinden der Bewusstseinsklare in Mir selbst und Meinen eigenschöpferischen Gliedern.

Bis Ich Mir Meiner selbst bewusst Bin auch in dir, verbröselt sich viel Zeit, und ebensoviel Herzensgüte und Geduld ist Mir vonnöten, bis sich das eminente Kunstwerk des allherrlichen Verfügens vollerfüllten Glanzes Meinem Schauen präsentiert, worauf Ich noch ein Weiteres und immer Weiteres zum Grandiosen vor Mir füge.

Teilhaftig bist du an dem, was den Dialog erfordert, um bis zum Letzten ausgefeilt, geprüft und sakrosankt zu sein in seinen Wundern. So sag Ich dir: vermesse dich nicht, zu zerstören, statt am Sinn der Sache redlichen Kalküls und Mitgefühls getreulich interessiert zu sein, um ihm die allerhöchste Feinheit zu verleihen.

Was du tust, ist gar nicht viel, wenn du bedenkst, wie schütter und gering dein Anteil ist am grandiosen Unterfangen, dem Ich seit Äonen fröne und an das Ich Mich gewöhne im Verbuchstabieren von Titanenkräften ins Allhier, und dennoch sind dein Schritt und dein erwartungsvolles Keuchen nötiger denn je, um das zu generieren, was Ich in dir will, wie in den Myriaden Meiner Helfer in den Menschenwelten.

Hast du dies begriffen, so begreifst du auch den Sinngehalt der Sterne, die zu deinem und der

Welten Wohl ihr Wesensbild verstrahlen. Meine Güte zündet alle Himmel an mit dem unendlich farbenfrohen Feuer der Begeisterung am Sein und Leben, Einsatz zollen und Riskieren, Morgenröten Intonieren und das Ganze regelrecht verstehn.

Das Intimste, Fabelhafteste jedoch, das Ich in Mir empfinde, ist das Seins-Gefühl, in dem Ich Weltenruhe und Bestätigung der Einheit aller Wesen und Gewalten finde. So bewähr Ich Mich und will Mir schliesslich Seins-Glückseligkeit gewähren. Locker Bin Ich, makellos und majestätisch als ein Wunder des Bewahrens Meiner Heiligkeit und Lichtkraft, Liebe, Weisheit und Gerechtigkeit, gedankenvoll und silberfein verklingend vor Mich hin. Bis ins Unendliche gross ist Meine Welt mit ihren Seins-Zusammenhängen, die zu erklären soviel Kräfte braucht und Wissen und Erfahrung in des Lebens Normen und Durchtriebenheiten. Nun betrifft dies alles auch dein Wohl und Wehe, deine Vorsicht, wie dein In-gestellte-Fallen-Tappen, die dein Auge schärfen und der Sensibilität gehörig Vorschub leisten sollen, in des Lebens wunderlichem Spiel.

Gehörst du dir, will Ich dich fragen oder bist du aufgeteilt in Dutzende von Animositäten, an denen du unwillig oder willig hängst in der Geschichte deines Waltens und Vergehns. Ein gerüttelt Mass an Unverfrorenheit und Seelenstärke braucht es, um die Leinen, die dich an die Schar der lockenden Gelüste binden, zu entwirren und in zähen Einzelkämpfen loszuschneiden von dem Wesen, das du Bist, damit du dich zu dem erhebst, was du schlussendlich sein willst in der Morgenröte deiner Gottestage.

Was du an Reinheit und Erhabenheit gewinnst, ist stets von Mir in dir getan. Denn ohne Meiner Seins-Impulse Strömen, würdest du im Sumpf versinken, der sich um dich breitet, hinterhältig, glitschig und prekär.

Ich befördere, was du dir bist, im Masse deines Selber-dich-Beförderns, was bedeutet, dass du Meines Daseins Bruder bist und Schwesterherz und Anhang und Verbündeter in einer rigorosen Einheit der Gestalten und Gewalten, die da tatenfreudig ihre Kraft versprühn. Alles ist von Mir und geht zu dir und flutet von dir hin zu Meinen Höhen wieder, in einem grandiosen Kreislauf des Gewinnens und Verlierens, Lächelns, Träumens, Aufbegehrens und Gehorchens, lichterloh.

Ein Jeder weiss ein Lied davon zu singen, wie ihm ist in seinen bitteren Bandagen, seinen Knechtungen, wie seines innern Freiseins Heilspur, die zu Mir und Meinen Quellen führt, der Seele Sehnsucht zu erlaben. Ich Bin, darfst du dir sagen allsobald, wie du Mein Sein in dir gewahrst und Meines Wirkens inne wirst in tief verborgnen Gründen. Dann blüht dir Freude auf vom Zeitlichen, das sich ins Ewige verströmt und von der Kunst, dich ganz an Es dahinzugeben. Gewaltig tönt der Gongschlag Meines In-dir-Gegenwärtigseins in deine Geistesohren, wenn du des Lauschens mächtig bist geworden. Holdseliges Geflüster nimmst du wahr, sowie die Sinne dir geschärft sind, Himmlisches zu hören und Zärtlichkeiten zu empfinden höherer Art in wunderbar versöhnlichem Erfahren. Das ist Erfüllung deines Seins und Glühns, der Gottesherrlichkeit entgegen, ist Bewusstheit in All-Weiten, wie Geborgenheit im Hier, die deine Stätte sind, als in Mein Sein gegossen, Meines Friedens Dauer und die Wohlgestimmtheit Meiner Harmonien, die gleich Harfenklängen in den Räumen Meiner Andacht Glück und Seligkeit verbreiten.

4

Du sollst dich nicht verbuchstabieren

4.1

Du sollst dich nicht verbuchstabieren, sag Ich dir, derweil du dich zu Meinen Höhn erwecken willst im reinem Ich-Gefühl. Bahnläufer bist du und gehalten, deiner Kräfte Mass gewandt, genau und weise zu dosieren, damit die Wirkung sich zum Optimum summiert und dir den Sieg bringt im Erfüllen deiner Kür.

Unverwandt und sicher flösse Ich dir Meiner Kunde Vorteil ins Gewissen, dass dir alles wohl gelingt, was du dir vorgenommen hast, in silberhellen Tagen. Hältst du Mich in hohen Ehren, halte Ich dich gleichfalls hoch und Bin dir Pate, Inspirator, Sekundant und Schutzpatron.

Du erlangst, indem Ich nach dir lange, einen Nimbus ohnegleichen von markanter Überlegenheit in den Annalen der Athleten und Vollbringer wahrer Heldentaten im Allhier.

Mählich weisst du, was es heisst, mit Mir und Meinem Anhang zu paktieren und in aller Offenheit das Absolute zu vertreten, das Ich Bin. Trau, schau wem, erweist sich hier als eine Saga von Erfolg und vaterländischer Durchtriebenheit im richtigen Agieren. Glanz im Glanze, Aktion im Reagieren, Minnesang an die All-Herrlichkeit will Ich in allem sehn, was du dir vornimmst und gewinnst in deinem unerschütterlichen Meine-Flamme-in-die-Welten-weiten-Tragen. Mach dich auf und sinke dankend nieder, um den Sieg zu preisen, der in deinen, Meinen Händen liegt und allgemeine Wonne generiert in der Gemeinde der Verehrer, Spekulanten, Schlachtenbummler, Festgeniesser und Claqueure.

Reif und rund und mit Plaketten übersät, gehst du in deines Seins Erfüllung traumwandlerisch einher, als Hero, Herkules und Gouverneur im Leistungssport, den Ich in dir betreibe.

Lass es gut sein, wenn Ich dich ans Schweigen mahne, damit dir neue Kräfte in die Sehnen fliessen und die Empfindung reinen Glücks sich um dich legt. Erlebe dich in Mir, will Ich dir hier besagen und erkenne deiner Wohlfahrt Quelle und Garant im Überirdischen, als Meiner Gnade Strom und Meiner Fülle seins-beglückendes und glorioses Überragen.

4.2

Früh begonnen, spät vollendet als das Werk der immerwährenden Beschaulichkeit ist Mein Mich-in-Mir-selbst-Befinden, als der Träger aller Hoffnungen und Blüten eines unwahrscheinlich sinngeladnen Seinsgefühls. Was bedeuten mir nun all die Zeichen reich begabten Lebens andres als das Eine, dass es ist und seinen Wert myriadenfach verflutet.

Nun erzeig Ich dir Mein Soseins Licht, Barmherzigkeit, Erhabenheit, Gleichmütigkeit und Kraft im Über-Mich-Verfügen. Es schmeckt nach allumfassendem Genie, was Ich so leiste, leben lasse, reguliere, wünsche und verwünsche im Gefolge Meiner Meistertaten.

Was Ich Bin zuallerinnerst in des absoluten Heils Geviert, wirst du wohl nie erfahren; doch was du Bist, hängt wie an einem Silberfädchen von Mir ab, durch das sich austauscht, glockenrein und feierlich, wie Ich dich seh. Sei gewiss, dass Ich noch jede passende Gelegenheit dazu verwende, dein Bewusstsein gross und allbedeutend, seinsgeschmeidig und getrost zu machen, allem Schicksalhaften gegenüber, das dich trifft und trefflich dazu beiträgt, Meiner seinspoetischen Gewandtheit Ausdruck und Gehör, Geschliffenheit und Liebreiz zu verleihen.

So wenig, wie die wahrhaft Weisen, kümmere Ich Mich um das Banale in des Menschentums

Geschäftemacherei und liederlichem Wandel. Das Niedere ertappt sich selbst dabei, gelangweilt, ausgestossen, trüb und lächerlich zu sein in seiner Sucht nach Neuigkeiten und Erfolgen, Beutezügen und Gewinsten.

Ich bin stets bestrebt, Geheimnis um Geheimnis um Mein Seins Verschwiegenheit und Fabelhaftigkeit, Bestimmtheit und Genügen zu errichten. Ein undurchdringlich scheinendes Gewölke hüllt Mich ein, um zu verhindern, dass das Allgemeine Mich erkennt und Mich befingert gnadenlos in seinem Wüten. Ich Bin nur für das Ausserordentliche und Besondere zu haben in der Menschheit Wogenei und immanentem Streben nach Erlösung aus der Herzensqual.

Wahres Schicksal ist, dem Lässigen geschickt, bewusst und heiter zu entfliehn, um einem schmalen Pfad zu folgen, der durch den Schatten Meiner Feste zum Licht erhabnen Schauens führt, als auf der Zinne der Wahrhaftigkeit und Virtuosität im so dramatisch angelegten Lebensspiel. Dann ist des Suchens Ende und Idol gefunden; die Räume der Befriedung und Befreiung öffnen sich in Übereinkunft mit der Seelenseligkeit, die Ich allüberall verbreite, wo die Redlichkeit und das Vertrauen Nachhall finden und das schweigende Verehren Meiner Makellosigkeit ein hohes Ansehn sich verlieh.

Es ist Gehalt der feinsten Sorte, den Ich hüte und verwalte und dessen Fülle dir frei zur Verfügung steht, wenn du nur willst und willst in Demut und Bescheidenheit dich seiner Wesenhaftigkeit bedienen. Du bist umhüllt, durchströmt und aufgehoben von dem Glanz, der von Mir ausgeht und dein Seins-Gewissen ist und Ratschlag und Gesellentum in Mir.

Brich auf und tritt in Meiner Räume Schoss und habe Anteil an der Unergründlichkeit der Sphären, in Gewogenheit, Geduld und himmlischer Gelöstheit, fein und radikal, gutmütig, zart und immerzu von Meinem milden Gotteslicht beschienen.

4.3

Eigenwillig und rasant begehe Ich die Felder Meines Tuns und säe, ernte, wache, überlache und komme Mir entgegen, gutmütig und geschniegelt dort im Menschenheer.

Was du nicht weisst, lass Ich in Meinem Sinnen glänzen. Was ein Bewusstsein von Natürlichkeit und Zweckgebundenheit in jedem Handgriff fordert, kommt von Mir und ist ein strahlender Beweis von Meiner Fähigkeit, die Dinge Meiner Zunft und Zünftigkeit mit Anmut und beachtenswerter Grazie zu belegen.

Kommt dir etwas als verdorben oder ungebührlich vor, so heisst das, dass Ich da ins Hintertreffen und Versäumnis an Mir selbst geraten Bin, so dass ein Mangel herrschte und ein mangelhaftes Überlegen an der Front der tausend Möglichkeiten, eine Sache zu bestehn.

Alles eng Gewordene tut weh und deshalb suche und kreiere Ich die Weiten Meiner Ungebundenheit im Raumkonzept, das Ich Mir ins Gewissen lege. Kein Bahnpunkt soll den andern überschneiden, genaustens kontrolliert sind alle Zeiten in der himmlischen Betriebsamkeit im Stil des Grandiosen, den Ich Mir zurechtgelegt und in Mir eingebürgert habe.

Schwappt Mir etwas über, so kenn Ich und benenne Ich die Mittel, jede Unbill schnellstens zu beheben und darauf, als wäre nichts geschehn, zur Tagesordnung und zum Rhythmus der gewohnten

Tatkraft und Geläufigkeit zu gehn. Ich sehe Mir die Dinge mit den Augen der Vernünftigkeit und Wohlgeborenheit im Grünen an, damit der Saat Erfolg und Folgerichtigkeit beschieden ist in feinsten Unterscheidungen und Seins-Nuancen. Sie zeugen von Geschmack und Raffinesse, die Ich Meinem Renommee und Status schuldig bin, im meisterschaftlichen Kreieren.

Trage Mir dein Liedchen vor und Ich will es würzen mit der hoch versierten Notenschar von Meines Wohlklangs Gnaden, dass es wie der blühende Holunder vor der Seele aufersteht und Freude spendet und unendliches Behagen.

Mach es wie du willst. Stets lass Ich Mir's gelegen sein, noch Besseres herauszufinden und herauszuwinden aus der Situation, in der du steckst und nur zu oft noch stecken bleibst in deinen Ambitionen und Beförderungen. Es widerstrebt Mir, halbe Dinge anzusehn. Bei Mir geht alles dem Gesunden, Runden still und stet entgegen in dem Anspruch des Vollendens, den Ich an Mich stelle und der Mir zusteht offenbar. Sei dir nun bewusst, wie viel dir noch zu tun obliegt und wie viel Eigenständigkeit, Vertrauen, Sachverstand und Mut du nötig hast, um zu beweisen, dass du einer bist von den Verklärten, Tugendhaften und schlussendlich Gottbegnadeten, denen alles wohl gelingt, was sie sich ins Gewissen schrieben und was ihres Strebens Minne ist vor Meinem Antlitz und Beschauen.

Ich halte ein, derweil du weitergehst und halte Mich im Hintergrund der Szene, eines Friedenspfeifchens Lust und Liebe zu genehmigen und auf dem Divan der Bekömmlichkeit genüsslich auszuruhn. So menschlich kann Ich sein und Bin doch ewig göttlich, alles überschauend, Himmel weitend, Sterne punktend, der Allmächtige in überwältigend gelungener Regie. Das zeugt ein wunderbares

Glücksempfinden in den treuen Geistern Meiner Weise, Mich dem Weltlauf fasziniert und überzeugend hinzugeben.

Ohne viele Worte will Ich scheiden. Schweigen ist die Seligkeit an sich, die Ich Mir ausbedungen und errungen habe; Herzenseinfalt die Manier, die Mich begleitet und vor Anderem bewahrt in Meiner seelenvollen Ruh und Meinem seinsnatürlichen Erleben.

4.4

Wohlberaten, raisonabel, galant und gütig verseh Ich Meinen Dienst. Immer freier, immer unbeschwerter lebe Ich dahin in Meinem Sammelsurium von Fakten, Akten, Bibelsprüchen und Liebkosungen der Welt, welche alle darauf zielen, reizende Verbindlichkeiten herzustellen, die Mich Mir selbst erhalten, figalant und überzeugend, mehr und mehr.

Lächelte Mir nicht im tiefsten Wesensgrund das makellose Sein entgegen, würde Ich Mich ganz im Weltlichen verlieren und damit der Eigenheit verlustig gehn. Doch nein und wieder nein. Es behaupten sich die Geistesglieder, die Mir innewohnen und unerschütterlich das Wirkliche in Mir errichten, das jeder Drangsal bar, Vergöttlichung bedeutet und Verliebtheit in ein Andersartiges, das, in sich selber ruhend, wie ein Sinngebet vom Himmel steigt und Mich mit warmer, liebevoller Anteilnahme mild umfängt, um Mich zu sich emporzuheben und mit einer Freudenfülle ohnegleichen zu bedenken und zu überschütten.

So erfüllt sich Meines Wesens Schicksal in der Innigkeit der Sphären, die da sind und sind, wie Ich's erkenne, Meines Eigenseins sich selbst erwartende Gewähr. Du Bist so wie Ich Bin, bedeutet Mir ein Unfassbares in der Grazie des Hingegebenseins, in der Ich überglücklich Mich erlebe.

Ausgegossen ins allräumliche Bewusstsein ist nun alles, selbst die Sterne, wunderbarerweis in Mir, derweil sich Meinem Schauen die Gesetze wahren Lebens offenbaren. Nicht, was wirklich scheint, soll sich als Sein bezeichnen, sondern nur was wirklich ist und nur dieses wird in einer majestätisch allumfassenden Gebärde seinem Anspruch auf das Kosmische Genüge tun. Es weiss sich selber zu verwalten als das Eine, Überragende und all-durchströmende Agens der Güte und der Fülle, des Sich-selbst-Erlabens, wie der ewigen Heiterkeit, die allen Geisteshimmeln innewohnt und allen Wesen darin eigen ist in unnachahmlich seelenvollem Sich-Erlauschen.

4.5

Warteschlangen seh Ich sich in Meinem Hof versammeln, um vielleicht einmal den Einge-borenen von Aug zu Aug zu sehn. Unweise sind sie, weil der Makellose jederzeit in ihres Herzens Beuge zu erschauen wäre.

Wie vom Weinstock Trauben, lese Ich von ihrem Sinn Gedanken ab, die sie geheimnisvollerweise für sich hegen. Menschensinnen, wisse, kann Mir keinenfalls entgehn, weil alles, was geschieht, in Sonnenklarheit vor Mir liegt und Meiner Art entspricht, auch dem Verborgensten galant und tüchtig auf den Grund zu kommen.

Sieh dich als ertappt in Meinem Sinne an, sowie du auch nur das Geringste ausheckst in der Gescheitheit deines Denkerstübchens. Alles, alles fällt Mir unverzüglich zu in einer Drift von unvorstellbar grandiosen Massen.

Sieh doch, wie es in dir beständig plaudert in einem fürchterlich banalen Dialog mit allen Weltendingen, die dich graziös und aggressiv, gutmütig und betriebsam, wild und mild umgeben. Lass diese Dinge endlich für ein Weilchen in dir ruhn und übe das Gedankenschweigen, damit Ich gütlich in dir reden kann von dem, was wahre Weltengrösse ist und seinswahrhaftiges Erleben. Es ist die Tücke der Geschichte, dass so wenige zu schweigen wissen und dass Ich allsolange warten muss, bis sich die Menschenherzen zu Mir wenden, um die Fülle allen Wohls und aller Himmelswirklichkeit aus liebevollen Händen zu empfangen.

Allen Schwergebeugten Bin Ich der finale Trost und das Relikt der allerletzten Hoffnung, die sie sich ergattern können, wenn die Fädchen allesamt gerissen sind, an denen sie sich sicher wähnten. Keinen lass Ich bitter von der Lebensszene gehn, wenn er nur einmal innehält in seinem Rasen und zum Innenlicht sich wendet, wo der grosse Tag des Auferstehns von aller Not in einer Morgenröte ohnegleichen sich dem Schauen präsentiert und alles jahrlang Hintertriebene in seiner Würde offenbar und lieblich werden lässt in unvorstellbar mustergültigen Massen.

Meines Wesens Wunder und Wahrhaftigkeit ist in der Innenschau in glückerfüllender Präsenz zu sehn, derweil die Glocken der Verklärung deine grosse Stunde schlagen. Ein Seliger bist du geworden im Erkennen jenes Bräutlichen, das, inniglich mit dir vermählt, von Stund an eine Partnerschaft begründet, die das Ewige berührt und über alle Massen fruchtbar ist und heilvoll, licht und schön.

Dir ist es gegeben, Mich und Meinen Glanz in unverbrüchlicher Vertrautheit unverhüllt voll Wonne in dir zu gewahren, um deinem unablässigen

Suchen noch die allerletzte Tür zu öffnen und in Meiner Räume Lichterfülle einzugehn. Es ist der helle Hauch der strahlenden Bewusstseinsklare, der dich übermannt und heiligt und beseligt, wenn Ich unvermittelt vor dir steh und Meine Züge deine liebevoll zum Lächeln des Begreifens glätten in dem überirdisch angelegten Freudensaal. Indem du Bist, ist alles gut, und Meiner Güte Zauber legt sich auf dein Sein und deiner Wohlfahrt Fluren. Dein Besinnen hat den Sinn gefunden ganz in Mir und ist vom Blütenkranz des Ewigen umwunden. Erlöst die Seele, ausgestanden das Verlangen, Freudenruf aus froher Kehle, vom Wohlgesang Elysiens berührt.

4.6
Menschenworte können täuschen, aber Meine nie. Wenn es darum geht, das Ewige auszusprechen, übertrage Ich Mein Denkens Eigenart und Stil an eine still und fromm gewordne Seele auf dem kreisenden Planeten Meiner Wahl und diese sieht sich dann genötigt, was ihr einfällt, zu Papier zu bringen, flink und freudig, tatenfroh.

So gelangen Meine seinsgestaltenden Ideen in die Reiche und Bereiche des geschöpflichen Vermutens derer, die von Tuten und Blasen was verstehn. Sie verschaffen Heimat dem, was Ich dort zu verändern trachte und begütigen eine Welt von mannigfachen Unwahrhaftigkeiten. So herrscht, wo Ich Mich äussere, der absoluten Wahrheit silberheller Ton und schmückt die lauschenden Empfänger Meines Gnadenstroms mit einer Botschaft reiner Anmut, Ebenmässigkeit und Harmonie.

Das ist das Prinzip von Meinem Handeln an den Welten und vom Einfluss, den Ich auf Mich selber nehme in der Kunst des Übertragens Meiner Kräfte von der Geistessphäre in die Wesenswelt der Inkarnierten.

Nicht prüde Bin Ich, wenn es darum geht ein Mahnmal hinzustellen, um im Einzelnen, wie in der Masse die Tendenz zum Überborden aufzuhalten und das Vernünftige einzubauen in den wogenden Basar.

Unheil wirkt als Mittel, die Verirrten wieder heim zum Heil zu führen. Ein Plädoyer für gute Sitten setz Ich ein, dort, wo verworfen wird, was Ich Mir auf die Fahne des Erfolgs geschrieben. Manche nennen's Zufall, doch Ich weiss, weshalb die sonderbarsten Dinge noch geschehn, um dem bewussten Denken und dem schicklichen Empfinden Vorschub und Verbindlichkeit zu leisten.

Schlussendlich soll das Eine doch geschehn, dass Einsicht herrscht und Bruderschaft und solidarisches Verbinden aller Kräfte zur gemeinsam festgelegten Tat der guten Hoffnung und des menschenwürdigen Verhaltens in der Not. Was den Vielen frommt, bewältigen schon manche in der heldenhaften Euphorie des Gutseins an sich selber und der Welt, in der sie sich agieren sehn. Sie sprechen die Devise nach, die Ich in ihren Sinn geflösst, um Mich zu transformieren: Sei still und tapfer mitten im Gewühl und trau dem Gott in dir und seinem mächtigen Gehaben.

Denn es geht die Botschaft von Mir aus an alle, die sie hören wollen, von dem Unvergleichlichen, das Ich in der Bewusstheit Meines Seins für sie bereitet habe. Sie werden staunend und ergriffen vor sich selber stehn und das Erlösende, Beglückende und Reine konstatieren, das in ihnen webt und lebt und sie unfehlbar und gelassen, liebenswerterweis, galant und gütig zum ersehnten Heile führt in ihren Tagen.

Aufruf zur Besinnung Bin Ich, Himmelfahrt der Treuen und glückseliges Amen für die Schar der Unentwegten, die in Mir den Patriarchen ihres Seins und ihrer Herzenswonne sehn.

4.7

Mir zu Füssen - eines Weltenklingens Melodie. Meinem Wortwitz anvertraut, das noch zu schaffende Geschwader von Besonderheiten, Meinem Anspruch und Gewissen untertan. Ich auferlege Mir ein kostbar Sammelsurium von sprossenden Lebendigkeiten, die ständig von sich zeugen, kräftevoll und lebensfroh. Es gilt, ihr Favoritentum gekonnt zu lenken, dass der Wurf gelingt, den Ich mit ihnen leichterdings im Schilde führe.

Was Ich dazu beständig zu Mir sage? Es ist ein universenweites Spielen, das Ich mit Mir treibe, bald aufs Äusserste besonnen, bald lässig, locker, listenreich, frivol. Es erglänzen mannigfache Lichter in den Himmeln Meiner seinsgestaltenden Manie von riguroser Buntheit und von unerhört manierlich und gekonnt herausgeputzten Wesen. Ich lass Mir keinen Wink entgehn, der von den Treuen Meiner Künste in die Welten geistert, die Ich feierlich und gütig als Stratege von Format und Weitsicht, Phantasie und Willenskraft belebe. Mir zu gehorchen, ist kein Schleck und Meinem wütenden Gedankensturm zu folgen, eine aberwillige Kunst, die nur den Allervifsten und Gewiegtesten zu Eigen ist in Meiner vielgeliebten Jüngerschar.

Ich setze Königen das Krönchen auf das Haupt und lass es ihrem stolzen Herrschertum mit einem Augenzwinkern wieder ins Gehabt entschwinden. Gerissne setz Ich ein zuhauf, um all den Toren, die sich um nichts kümmern, ihre Schätze abzustauben und sich danach an ihrem Wehgeheul herzinnig zu ergötzen. Zimperlich geh Ich nicht vor in Meiner Vielfalt von gezielten Aktionen, die Meinem Schalk und Scherz und Seins-Kommerz und genialen Musikantentum wohl anstehn in der Vielfalt Meiner Wesenszüge.

Klappe Ich den Folianten zu, mit dem Ich Meiner Schöpfertaten fulminante Meisterschaft belege, herrscht für eine Zeit bemerkenswerte Ruh und die Verdienste Meinerseits um Neuigkeiten und gewissenhafte Kolportage schweigen. Ich mache Mir nichts vor, wenn Ich für einmal Nachsicht übe und alles seinem Lauf und Lichte überlasse, was da kreucht und fleucht und glitzert und sich um sich selbst bewegt in Meiner raumgestaltenden Bravour. Mir ist es recht und billig, Meine Sehnen zu entspannen, sommerlich gestimmt und über Mein Gemüt den Seidenglanz des Wonnenseins am Werk zu legen, der Mir sicherlich gebührt nach soviel figalantem Hirtentreiben.

Es herrscht die Wohlfahrt der Gerechtigkeit am Überschauen Meiner Prozeduren und Gelungen-heiten, die im Glanze Meines Strahlens Meinem Blicke offenstehn. Andacht ist Mir eigen vor der Eigenwilligkeit, mit der Ich schalte, walte, Trug entschärfe und der Güte eines allerfahrnen Herzens jenen Vorzug gebe, der da Liebe heisst und liebevolle Treue zu den Meinen. Alle, alle sprech Ich magisch an, sich Meiner Seinsgewalt und Meiner brausenden Glückseligkeit beizeiten anzuschlies-sen, dass sie nicht verpassen, was sie so beschäftigt und beseelt.

Das Ewige in Meinem Tun und Trachten ist ihnen ebenso gewiss, wie Mir in Meinem Mich-Begründen, weil Sie sind und als das Seiende an allem, was Ich Mir gewähre, unbedingten Anteil haben. Das ist so und kann nicht anders sein in der

Verfeinerung des Anspruchs auf Wahrhaftigkeit, den alle Suchenden und Findenden für sich gepachtet haben. Mein Königtum ist deins, will Ich dir sagen und Mein Hiersein ist ein Fest der Freude an der Lieblichkeit der Dinge, die da sind und sind sich selbst zu Eigen.

Amen ist nun angesagt im Halleluja auf was Ich Bin und bleibe, Lobpreis Meiner selbst aus vollen Kehlen und geschwisterliches Teilen und Verteilen dessen, was die Morgenröte einer Heilkraft fördert von beglückendem Erwachen in der Unbeschwertheit wahren Seins in Mir und Meinem himmlischen Mir-selbst-Genügen.

4.8

Wer will Mir die Welt entreissen? Wer gestattet sich, galant und kunstvoll gegen Mich zu löken in der Lebenswirtschaft, die Ich mit soviel Einsatz und Gewissenhaftigkeit betreibe? Sind es die Andern oder bin Ich es am Ende selbst, dem wird die absolute Einheit aller Wesen, Dinge, Schöpfungen und Universenrechte zugeschrieben? Ich lächle, weil Ich weiss und weil Ich Mir das Rätsel um Mich selber längst gelöst und seinen Sinn ermittelt habe.

Was die Menschenhäupter quält ist, dass sie sich mit ihrer Denkkraft und Gerissenheit in einer namenlosen Illusion befinden, die Verwirrung schafft und Aberration von einer Wahrheit und Wahrhaftigkeit, die Mir allein gehört und die, ins falsche Licht gezogen, unversehns zur Lüge wird an dem, was wirklich ist und wahre Macht besitzt, Bewusstheit, weises Aneinanderfügen der Gefühle und Gedanken und das allen Wollens Meister ist in seiner einzigen und einzigartig dargestellten Ich-Natur.

Das sogenannte Böse hat kein Sein in Meinem Überschauen der Gegebenheiten. Es zermürbt sich an sich selbst und ohne an Mir den geringsten Makel anzurichten. Es scheint Wirklichkeit zu haben, derweil allein Ich Bin in Meiner Seins-Integrität und Meinem seinsbestimmenden Agieren.

Wenn es auch wirkt, so stösst es doch ins Leere, das Ich als Schutzraum um Mich her gebreitet habe. Unangreifbar Bin Ich und von keinem je getroffen, der in seinem Wahn vermeinte, Pfeile nach Mir auszusenden der Unvernunft und Widerwilligkeit in seinem Sich-Begründen. Allein Mein Reich ist wahrhaft existent und wer versucht, es weg-zustilisieren, stellt sich ins Abseits und verurteilt sich dazu, ein Narr der Herrschersippe und ein Unflat ihrer Makellosigkeit zu sein von der Sorte der sich selbst betrügenden und immerzu belügenden Staturen.

Nimmer wirst du dieses Rätsels Sachverhalt und eigenartige Brisanz begreifen, wenn du nicht zum Seins-Erkennen dich erhebst und deiner wahren Würde inne wirst in Mir. Seins-Gefälle will Ich nennen, was zu Mir emporführt durch die Sinnverwirrung deiner Tage und das lockende und lockere Getöse der Banalität in den Niederungen deiner Unbewusstheit an dir selbst und deinen wackeren Kollegen.

Wer den Nimbus hat des Überschauens ohne Groll und Tadel, Bin Ich, in der absoluten Herrlichkeit, die Ich Meinem Anhang und Mir aus-bedungen habe. Nicht zu rütteln und zu schütteln ist an Meiner Strategie der Unbekümmertheit und des verbrieften Pochens auf was Ich schon immer tadellos empfunden und gemeistert habe, nämlich: Meinem Sein kein Jota abzustreichen oder flugs hinzuzufügen. Wer es wissen will, der komme und Ich will ihn unterscheiden lernen zwischen dem, was Mangel ist und Fülle, Fabelhaftigkeit und Frust, Unrast und Geruhsamkeit in hocherhabner und glückseliger Manier.

4.9

Leichtfüssig und beschwingt geh Ich durchs Zeitenlos hinan und balanciere Meines Könnens Eigenart, wie die des Künstlers auf dem Hochseil, sicher und galant dem Myriadenfach beklatschten Ziel entgegen.

Ich meistere, was vordem keiner je sich vorgenommen und schreibe es Mir lächelnd zu, als Quintessenz des Laborierens und Justierens, des Behutsam- und Gerechtseins an Mir selber, wie an allen Schöpfungen, die von Mir ausgehn, um nach längelangem Existieren wieder Meines sichern Hafens Anlauf und Visier zu finden, seelenselig und gedankenfroh.

Was macht, dass Ich so siegessicher und methodisch, immergrünen Rauschens, Tauschens und Beseligens zu Werke geh?: Das Sein in Meinem Mich-Begründen ohne jeden Makel, voller Gleichmut und stabil wie eine Pyramide, die für Jahrtausende gedacht ist ein Symbol zu sein der menschlichen Geschicklichkeit, Präzision, Beharrlichkeit und Anmut des Gestaltens. Sieh doch, wie Meines Seins Allüre ihresgleichen sucht und alle Augen leuchten lässt, die ihr Tribut, Bewunderung und Referenz erweisen.

Ich lasse Meine Folgschaft jede noch so feine und gering erscheinende Nuance des gestaltenden Elans in Würde, Ebenmässigkeit und Über-zeugungskraft vollbringen. Das beweist die Genialität, mit der Ich immerzu agiere und regiere, lauter und gerecht Bin, um Mein Unbewusstes, wie dem guten König in des Märchens Folgerichtigkeit und Lehrkraft zum Erfolg und Heil und himmlischen Glückseligsein zu führen.

Ich geruhe Meisterschaft zu pflegen überall, wo Ich im Handanlegen Meine Vorsicht, Meinen Tatendrang und Meines Wollens wirkungsvollen Griff, wie Meines Könnens Allgewalt beweisen kann. Sie gleicht einer Heerschau ohnegleichen des natürlichen Verhaltens, Schaltens, Waltens und Erhabenseins, die nur in Mir, durch Mich und durch die Fülle Meiner Seinstalente zu erreichen ist im überaus riskanten Aufwall Meiner Taten.

Solang Ich ganz allein Mir selber und dem Anstand Meiner Fähigkeiten und Errungenschaften, resoluten Disziplinen und Verfügungen gehorsam Bin, läuft alles rund und richtig, fliessend und rasant in Meinem so bewundernswerten und als Vorbild hingestellten prosperierenden Betriebe. Da ist es eine Freude, dem Hall und Widerhall der hämmernden Gestalten und Gewalten zuzuhören, die im Takt gewissenhaft und fleissig, massvoll und gekonnt ihr Handwerk dem Gebieter aller Aktionen voll Ergebung vor die Füsse legen.

Nun denn, sind soviel Virtuosität und Tatendrang nicht schön? Ich habe Mich gemausert bis zur höchsten Anerkennung Meiner Weltgewandtheit, Klugheit, Seriosität und Redlichkeit, dass Ich im Rang des Unerreichten steh und Mich den Überragendsten der Geister zugesellen darf, die in des Gottesplans Wahrhaftigkeit und Wesenhaftigkeit ihr Licht und ihren Einfluss, ihr Vertrauen und Gefühl, ihr Richtmass und den Wahrspruch ihres immerwährenden Gehorchens und Beglaubigens gefunden haben.

Das ist nun Mein Sein in alledem, was Fortschritt und Genügsamkeit geheissen werden kann. Es drosseln sich die aufgemunterten Gefühle und erreichen jenen Zustand der unendlich weitgedehnten Seligkeit und Ruh, die allen zukommt, die ihr Werk und Wirken einem wohldosierten, heitern und ins Fabelhafte eingeschriebnen Ende zuerkannt, geweiht und dargeboten haben. Es winkt die Weihe, die den Seinserlösten auch gebührt in einem Singsang von Bekömmlichkeiten und Bewirtungen des feiernden Gemüts mit auserlesner Zartheit, Milde und Bewusstheit des Gedenkens. Dazu gehört das Miterleben der enormen Leistung und Beförderung, die zum ersehnten Resultat und zur vollendeten Genügsamkeit geführt, berechtigt und begeistert haben.

Alles ist voll Seinsbewunderung, indem Ich auf das universenweite Gloriosum Meines Einsseins mit den Wesen Meiner Würde blicke. Es durchströmt sich mit dem Hauch der ewig waltenden Glückseligkeit in Meinen Himmeln, wie mit der Zartheit Meines Über-Mich-Verfügens. Allezeit korrespondiere Ich mit den mit Meinem Wohlklang in vollkommner Milde und Erlesenheit getinkten und bekleideten Äonen.

4.10
Nobel und seinsgerecht ist in Mir ausgesprochen, was Ich hier Bin, auf einer Fahrt ins grösste Einen der Geschichte, das da still und ständig, wach und wichtig, lieb und leis vonstatten geht in Mir und Meinen Bürgen eines heiligen, allherrlichen Kalküls.

Die Betonung dieses immanenten Werdens liegt gerade auf dem kaum bemerkten Wandel aller Angelegenheiten, sachte vor sich hin, zu einem Seins-Verständnis allgemein gehaltener Couleur, das in den Wesen Meiner Zunft zur Seins-Bewusstheit sich gestaltet und vollzieht.

Was heisst nun Einen, wenn nicht das Erkennen einer Seins-Identität von allerhöchstem Rang und

Namen, die noch jedem so Verklärten die Gewissheit offenbart, dass er dem Sein an sich mit Haut und Haaren, Sinn und Sagen ebenbürtig und vermählt ist bis zur letzten Fiber seines Standes, Sich-Verströmens und Sich-eins-mit-allem-Fühlens. Da geht ein Raunen der Glückseligkeit durch alle Lande, ob der gewaltigen Verbrüderung, die in Mir und durch Mein Sein ersteht in einem universenweiten Dankgebet von Himmels Gnaden.

Alle Flöten und Schalmei'n genügen nicht, um das zu intonieren, was in diesem Handel, Wandel und Gerechtsein an der Drift der Evolutionen so geschieht. Denn es ist Erfüllung einer Sehnsucht, die seit eh und je in jedem Gran der Schöpfung wunderbar verborgen liegt als eine Perle der Verheissung glorioser Zeiten, wo die Liebe unumwunden dominiert und alle Brünnlein der Holdseligkeit dabei ihr träumerisches Lied versingen.

Siehst du nicht, wie unvermittelt zeitenlos und zierlich jedes Herz die Wende hin zu diesem Status höherer Vernunft und liebelichtem Sich-ans-Anderssein-Verströmen auch vollziehen kann, wenn es nur will und weiss, dass seines Willens Stärke Meinem angehört in allen Unternehmungen, die ihm zu planen und schlussendlich zu vollziehn obliegen.

Ich orte mit Vergnügen jede Aktion, die Aufgeschlossenheit und Liebenswürdigkeit, Beseligung und Bruderschaft begründet in der Runde der erklärten Meister des Versöhnens und Sich-an-das-jugendfrische-Einigsein-Gewöhnens im Allhier. Es stösst Mir sauer auf, wenn die Verblendung eine Lüge kolportiert, die Unheil und Verständnislosigkeit gebiert in Meinen Augen. Sogleich versuche Ich den Frieden wieder herzustellen und die heiss gewordenen Gemüter zu beschwichtigen, indem Ich sie zur Runde des Besprechens delegiere und in ihr

Konsens bewirke, Seriosität und guten Willen, die dem wunderbaren Sich-Verstehn und Miteinandergehn den Vorzug geben.

So äufnet sich Bewusstsein von der Lage, in der die Weltenbürger und Genossen sich befinden, derweil sich das Ich Bin der Ist allmählich durchsetzt in den Häuptern, die an sich selbst gerecht geworden sind und die des wahren Fortschritts Zeichen auf der Stirne tragen. Festlich, froh und heiter sind sie dann gestimmt, wenn ihre Mühen Früchte bringen und das Heil aus dem erspriesst, was sie sich sind und was die Vielen freudestrahlend, überglücklich und für alle Ewigkeit getröstet sich besagen.

4.11
Es gibt hier keinen Ton im physikalisch dargestellten Sinne, was ja sinnlos wäre, weil auch kein Gehör vorhanden ist, ihn aufzunehmen und dennoch spricht sich im erhobenen Gefühl ein Musikalisches bezaubernd und beglückend aus in der Art von Harfenklängen, ebenso wie in der Majestät von grandiosen Orgeltönen.

Alles Wesenhafte ist nur innerlich zu sehn, zu fühlen und zu hören und wird einmal als das Wirkliche empfunden, das Geistsein, das ihm Kraft, Lebendigkeit, Magie des Resoluten, wie auch Harmonie verleiht in wunderbarer Folge des Erscheinens und Verwehns.

Ich Bin präsent und ausgestattet mit dem schicklichsten Sensorium, das man sich denken kann und weiss genau, was vorgeht im Gedankenspinnen, wie im meisterlich geprägten Wollen und Gefühl. Wort um Wort erscheint aus wunderbar bedeutungsvollen Schöpfersphären und bewirkt

Erstaunen, Motivation und Seligkeit, je nach dem Quellgebiet, von dem es ausgegangen.

So erfüllt sich alles, was Ich will und weise in unendlicher Gewähr und trabt und trippelt, rauscht und klappert unbekümmert und galant einher, um Meiner Seinswelt hellbewusst und heiter Sinngehalt und Stosskraft zu verleihen.

Geh in dich und überlege, ob du solches übend und erkennend dir erringen willst in deinen fürstlichen Ambitionen und Gelegenheiten gross zu werden und zu sein in Meiner Attitüde und Gewahrnis, Rigorosität und milder Seelenseligkeit, die Liebe ausstrahlt, wie den Wohllaut reiner Güte, die dem All vortrefflich anstehn, das Ich locker und bewusst bewohne.

Reinen Seins ergibt sich dir ein Wohlbefinden von unendlich feiner Süsse, wie Getragenheit des Fortbestehns in zeitenloser Anmut, Grazie des Erscheinens und namenlos beglückender Ereignislosigkeit im Sein und seligen Verweilen.

4.12

Wo komm Ich her, muss sich der kluge Kantor füglich fragen? Wohin muss Ich im Schoss der Welt wohl gehn? Er wird das Rätsel nimmer lösen aus sich selbst und nimmer aus dem Anblick der Gebirge, Flüsse, Wasserquellen, Tiere, Menschen, Sterne in des Alls unendlichem Gepränge, sage Ich. Zu wissen, wer Ich Bin, kann nicht von aussen kommen und vom Anblick der Natur, weil sie, was sie denn wirklich ist, „das Leben", in sich selbst verbirgt, sodass es keine noch so ausgeklügelte Methode der gelarten Wissenschaft nur im Entferntesten beweisen kann. Diese lässt das Leben einfach weg und erklärt sich alles, als von selbst gekommen in der langen Zeit der Evolution, die zur Verfügung stand und deren Ablauf man mit immer feineren Beweisen als offensichtlich und gesichert halten kann.

Nur fehlt das ewig lächelnde und weise, in sich selbst urwirkliche Ich Bin, das Ich, die Welten überschauend und durchströmend, präsentiere. Ein gigantscher Abgrund trennt die weltenbürgerliche Meinung von der Meinen, weil ihr fremd ist, was Ich denn mit wunderbarer Klarheit und Gewissenhaftigkeit erkenne als den wahren Wert und Ursprung Meines Hierseins und unendlichen Agierens.

Was vermag den Abgrund des verschiedenartigen Gewahrens der Gegebenheiten elegant zu überbrücken? Nur das tapfere, geduldige und schweigende In-sich-Gehn, das die Menschen pflegen sollen, zwecks Erkenntnis dessen, was sie sind und was sie mit dem Sachverstand der Generationen nie entdecken können. All so einfach scheint es und ist doch so schwierig zu vollziehn.

Merke dir im Heiligtum des Herzens, dass du Bist das Sein in allem Ernste und mit allen unsagbar geschickten Winkelzügen, die es sich erdenkt, um aller Schönheit des Natürlichen - Erblühn und Raum zu geben. Es meistert, was sich aus sich selber niemals meistern könnte. Es offenbart sich im Atom, in der Libelle, wie im Glanze eines himmelblauen Augenpaars. Wie Bin Ich doch erlöst ob dem Gewahren dessen, was Mir innewohnt und was Ich als den Inspirator aller Meiner Taten anerkennen darf in liebevollem Applaudieren und Visieren, Kultivieren, wie Sistieren einer abgelebten Illusion, die Mir nur Rätsel aufgebürdet hat in Meinem wohlgemeinten und beharrlichen Philosophieren.

Als Wissender bewahre Ich in Mir, was gleichermassen in des Alls Begründen sich bewahrt und was als Sein der Geistessphären seinen

Einfluss über alles breitet, was da ist und kreucht und fleucht und webt und strahlt von urweit weiten Fernen, um uns nah zu sein und sich mit unsrer Gangart und Gewandtheit zu vereinen. Das Allmächtige allein ist es, was wirkt, was zählt, was denkt und was Ich in Mir fühle.

Erkenne es, sei frei und überglücklich und gesundet und gewappnet und gestählt in deiner Schau von Meinen Gnaden, wie in der Glorie von Meinem überaus geselligen und all so zärtlich hingegebenen Umfangen.

4.13

Konzentration ist immer gefragt auf was Ich Bin in Meinem Sein und Meinen Äusserungen und Erhobenheiten aus dem Alltagsjubel, Trubel und Poheien. Mahlwerk Meiner selbst steht auf der Tür des Hauses, dem Ich innewohne, voll Glut geschrieben, denn nicht mehr, nicht weniger als die Zerstörung Meiner Illusionen ist im Gang, tagein, tagaus durch ein beträchtlich langgedehntes Leben, Kopf an Kopf mit dem, was Ich erreiche und noch suche in der Unerbittlichkeit der Lebenssituationen.

Was Ich erwirke, ist nun alleweil ein Ausbund von Geschicklichkeit und rechter Weise, im Gewühl beständig und erhaben festzustehn. Wie gemeisselt treffen Meine Worte das empfindende Gehör: Sei dein und deines Inneseins Gefährte, folgsam wie ein Leinenhündchen und vor Ehrfurcht blass, derweil du vor dem Einen stehst, das unvermittelt seine Züge offenbart und sein unendliches Vermögen.

So meine Ich, erfüllt sich der Gesang des Lebens und gestaltet sich nach Meinem Duktus und Befehl, nach Anstand, tugendhaftem Wandel und gerechtem Handeln an der Masse der All-Menschlichkeit vor Meinen Toren.

Ich klinge aus und klinge immer wieder, dass es im Gehör der Generationen braust, die allesamt in Meinem Licht und Meiner Obhut stehn. Es drehen Myriaden Rädchen sich und greifen ineinander Meiner Zunft und zünftigen Betriebsamkeit, den Weltlauf impulsierend und geflissentlich gestaltend, als zu neuer Sinnkraft, Elegie und Ideologie. Es gilt, in Meiner brachialen Art zu denken und zu lenken, unwiderruflich - bis die Lebenswinde wieder sanfter wehn und Meine zarte Seite sich herauskehrt als im Nimbus der Verträglichkeit im blütenreinen Duften Meiner Liebesgärten. Dort wird kein Wölkchen den Azur betrüben und alles strahlt und leuchtet, einem ewigen Sommersonnennachmittag aufs Allerschönste zu vergleichen. So Bin Ich innig, unbescholten, unberührt von allem, was geschieht und bade Mich in der Glückseligkeit des Seins, die Ich Mir einmal und für immer vorbehalten, denn es steht geschrieben: Meine Himmel welken nie und Meinen Zauberkräften wohnt urewiges Bestehn und Wirken inne, die Mir Wonnesein, Gedeihen und Geruhsamkeit verleihen, rein und lind, beglückend, zart und liebestraut im Wunderbaren.

4.14

Du magst mitprahlen, denk Ich dir entgegen, solang du zu den Eingeborenen gehörst, die des Langen und des Breiten nichts von Meiner sagenhaften Geisteswelt verstehn. Ich will dir akkurat als ein Memorial vor Augen halten, wie erbärmlich du dich ausnimmst in dem trotzigen und protzigen Getriebe, dem du laufend unterliegst.

Winde dich und finde dich in Mir, will Ich dir förmlich sagen. Es sollen dir die Sterne nicht umsonst geleuchtet haben in der Nacht, durch die du dich ein Leben lang bewegst. Es ist das Dunkel der grassierenden Unwissenheit, das Meine Pläne für dich durcheinanderwirbelt und Leid und Irrsal produziert in maledetten Winkelzügen.

Du musst nur wissen, dass du als All-Seiender durchs Lebenstal marschierst und dass das Sein Unendliches in sich verborgen hält in einer Fülle sondergleichen. Es mengen sich, es drängen sich die Geister, die dich wunderlich umgeben, um dir lehrreich und bewusst zu werden in der lang-gedehnten Prozedur, die dich von der Befangenheit ins Unbefangene und Federleichte führt in deinen reifgewordnen Tagen.

Ich rechne mit dir im gewaltigen Prozess der Evolution alles Natürlichen, den Ich in Gang gebracht und immer wieder angestossen habe, dass Mir nichts erlahmt und die Gesetze Meiner Gottesweisheit sich erfüllen, sicherlich und sanft und seeleninnig, wonnevoll und wahr.

5

Widergöttliches muss weichen

5.1

Widergöttliches muss weichen, sage Ich in Meiner schieren Kompetenz, den Trumpf der Weltenmacht und Liebe auszuspielen. Allem Unbewussten leiste Ich den Dienst des galoppierenden Gewinns an Seins-Erkenntnis all so lange, bis das Menschenmedium sich selbst erkennt als das Ich Bin im leuchtenden Ornat allgöttlichen Befriedens.

Ein reizend Spiel von tatenkräftigem Verfügen findet damit seinen Abschluss, dass die Geister, die Ich rief, sich wohlgesittet und gezähmt in Meiner Hände Gluthauch legen, um der Liebewärme zu geniessen, die Ich immerzu verstrahle als ein Sonnenheros licht und schön.

Ist dir dann bekannt, oh Mensch, dass deines Wesens Innigkeit und Leben Meines ist, gehörst du zu den silberhell Erleuchteten in Meinem tapferen und seelenseligen Heer von Seins-Getreuen, die Ich hege, pflege und vor Unbill und Beschädigung aufs Trefflichste bewahre?

Reich bist du in Meinem Reich der Gottesgnaden und des zärtlichen Umworbenseins mit Meinen allerfüllenden Gedanken, die in sich selbst Erfüllte und Erlöste sind in wunderbar gesegneten und seinsglückseligen Massen.

Was ist himmlische Vernunft, wenn nicht das Anerkennen der All-Gegenwart, in der Ich Mich aufs Mal befinde und darin den wahren Reiz des Seins empfinde, der sich im Bewusstsein der All-Herrlichkeit, All-Liebe, wie der seligmachenden Erhabenheit und Glorie erlebt im Wunder des Mich-selbst-Erfahrens.

Nun ist Mir heimisch, was Ich allsolang gesucht und für Äonen nicht mehr in Mir angetroffen habe. Die Flügel des erwartungsvollen Schwärmens sind zur Ruh gelegt und alle Wünsche nach Verwirklichung, riskanten Abenteuern und Errungenschaften schweigen. Ich Bin nicht mehr derselbe, der Ich war und Bin es dennoch neu geworden, seit Ich Mir den Anfang aller Dinge seinsbeglückt und liebevoll in die entzückten Finger zähle. Nun endlich mach Ich halt in Meinem Rasen und verhalte Mich wie einer, der ganz weise, ganz voll Güte und Gerechtigkeit am Sein geworden ist, Unendlichem dahingegeben. Ich ruhe in der Sicherheit des Absoluten und fächle Mir Erbarmen zu an allem, was Mich je verwundete und reizte, um es zu vergessen und im allerwürdigsten Bewusstsein Meiner Reinheit, Lichtheit, Geistigkeit und immanenten Schönheit des Gewissens dazustehn.

5.2

Von weit, weit innen komm Ich her mit Meinen Wendungen und Visionen, fürstlichen Bemerkungen zum Sein mit seinen Stufen, seinem seinsnostalgischen Gehaben und dem unvergleichlichen Elan, mit dem es sich markiert, manifestiert und seinen Regellauf zum wundervoll gesetzten Ziele führt.

Ich backe mit Bedacht zusammen, was aus eminenten Weiten sich zusammenfügen will und schöpfe Werte aus Mir selbst, die keck und kühn, gerundet oder kantig als bemerkenswert in Mein beschauliches Bewusstsein ragen. Es ist die Einsicht eines Grosswesirs von Gottes Gnaden, der Ich fröne und von der hinunter Ich Mein Wort vertöne, dass es sich ins Wirkliche, Wahrhaftige und Wesenhafte stilisiere, unter Meinem kundigen Befehl.

Schöne Reden sind nur schön, wenn sie von Elementenkraft und liebenswürdig dargestellter Überlegenheit begleitet werden. Wichtig ist, den Dingen Schmiss und Pfiff, Verschmitztheit und gestalterisches Flair mit auf den Daseinsweg zu geben. Dazu dient Mein überragend schöpferisches Phantasieren, dem Ich seit Urzeiten felsenfest und überzeugt obliege. Gladiatorenkämpfe sind da auszufechten mit immensem Potenzial des Sich-Verbreitens ungesäumt und ungerufen im Allhier.

Trage Sorge, will Ich sagen, zum Geschenkten, das auf der lebendigen Lebenslinie liegt, die von den Niederungen bis zur höchsten Warte reicht, Meines Verfügens und Mir selbst Genügens in der Stimmigkeit der Situation, in die Ich Mich ver-trauensvoll und figalant begebe.

Eines wird Mir sonnenklar: Es gibt kein Halten, Schalten, biederes Verwalten in den Königreichen Meiner Kür. Alles Strömende ist in das Wohl-verständnis Meiner Kompetenz und Meines kabbalistischen Kalküls gelegt, von dem Ich bestens und mit strahlendem Gewinn für Meinen Einsatz zehre.

Alles von Mir schreibt sich zielbewusst und makellos in die Annalen Meiner seinsbefördernden Allüre, ohne Hast und mit der Sorgfalt eines frischgebacknen Väterchens, der sein Kindlein über Stock und Stein voll Seele und Begeisterung nach Hause trägt, um es nach Noten zu verwöhnen.

Ich winke und der Wink gehört auch dir, dein Augenmerk auf Mich zu richten und die Herzens-güte und Geduld, mit der Ich liebevoll agiere und das Unwahrscheinliche regiere, das im Griffbereich von Meinem Einfluss liegt. Und der ist das All-Weite, das Ich als ein Schauspiel Meiner selbst behutsam, seinsbeschwingt, gekonnt und wohlbehalten insze-niere.

Kultiviere du dein Wissen um Mein Ich-Gefühl, das Ich in dir zu Markte trage und versäume nicht, Mir dafür innigst und ergeben auch zu danken, denn, was Ich an dich vergebe, ist recht viel. Vertrau dich

Meiner Innigkeit, Begnadigung, Rechtschaffenheit und Liebe unerschrocken an und sei dasselbe, was Ich Bin in wunderbar gesättigtem Genesen, Auserlesensein und warmem Mitgefühl an allem, was da ist und leidet, lächelt, träumt und aufersteht in Mir und Meinem Wonnesein im Wunderbaren.

5.3

Ich suche Mich und sichte allenthalben, was Ich Mir zur Inspektion erlesen habe. Der Gläubige gefällt, der Maledette muss dem Seins-System entfallen und versucht vergebens Meine Gunst zu prolongieren in Bezug, auf was er war.

Äufne, aber lass mit keiner Silbe Ungerechtigkeit und Unwahrheit erscheinen in der Euphorie des Handelns und Verwandelns deiner Güter in hell klingende Dukaten. Schweige, sag Ich dir, sowie ein übelwollendes Ereignis dich betrifft und halte so den Unmut auf, bevor er Schaden produziert an deinem Ansehn und Dir-selbst-Gebieten.

Die Weise Bin Ich, aller Welt den Herzensfrieden anzusagen, der Mich aufs Allertrefflichste beseelt. Ich überwinde jeden Hang zur Separation der einigen Gemüter, die sich auf ein Weltenthema eingeschworen haben, es sei denn, einer biete sich Mir an, die absolute Wahrheit zu empfangen in seines Lebens figalantem Gauklerspiel. Immer treffe Ich die Mitte, sei's im Ratschlag über eine noch so sehr verworrne Sache, sei's in der Klarsicht über eine wunderbar erspriesslich scheinenden Affäre. Mein ist das Regelwerk und Werkzeug für geordneten Betrieb im irdischen Verhalten, wie in den Windungen und Seins-Verbindungen in Geisteshöhn.

Das kann nicht gut gehn, konstatiere Ich zuhauf in Meinem preziösen All-Durchschauen. Dann seh Ich

Mich befähigt, Lösungen zu finden von überaus geschliffener Manier, ob denen alles wieder rund läuft im besagten Hauptquartier. Mich kann keiner öde nennen bei der Ausfahrt in gar schwieriges Gelände der verwachsenen Natur. Mein Sinn für tadellosen Schnitt und Schliff löst jegliche Ranküre redlich auf und lässt die Harmonie und Seelenseligkeit Triumphe feiern.

Heiter wird der Horizont und Lebenslustigkeit besiegt das Weh, ob der Ich wie im siebten Himmel Mir ein Kränzchen winde, duftend, elegant und farbenfroh mit seinem In-die-Kinder-Augen-Leuchten. Ist es Mir doch aufgegeben, alles noch zum Guten und Gediegenen zu wenden in des Daseins Hochkultur und Frische, wie in der Bewunderung, die Ich Mir selber zolle in des Räsonierens Sinn und Agentur. Starken Tobak lass Ich auf die Lebensszene fahren, um dann umso milder, zärtlicher und sanfter aufzutreten in der übersinnlichen Lasur, die letztlich zählt und zierlich, zünftig, zart und wohlbekömmlich das besiegelt, was Ich will und was vollkommnes Equilibrium und seinspoetisches Befinden ist in Meiner Gründlichkeit und siebenseligen Galanterie.

5.4
Marathon der guten Taten will Ich nennen, was in Meinem exquisiten Sein geschieht, derweil Ich ruhe durch Äonenzeiten Meinem ewigen Jetzt gemäss.

Ich mache Mir nichts vor, wenn Ich bedenke, welche Kräfte des Erdauerns in Mir liegen, denn im Zustand unermesslicher Glückseligkeit lässt sich gut sein und leben. Makellose Stille und Gestilltheit herrscht, wo Ich, Mich selbst betrachtend, einer Zukunft der erbaulichen Geschicklichkeit entgegengleite, die von Meiner Weisheit Kunde gibt, im Wunderbaren.

5.5

Auf einen Angelpunkt gestossen, denk Ich begeistert vor Mir her und fühl Mich füglich bei den Grossen, den Grossen immer mehr. Ich denke Mich und lenke Mich zur wahren Glorie stilgerecht empor in wunderbar gesättigten und seinsbeseelten Meisterzügen. Arbeit an Mir selbst ist weltenweit und universenkräftig noch in jeden Lebensflämmchens Gluten Meine Absicht, Mein Verlangen und Mein Ziel.

Mach Ich, mach Ich's recht, gediegen und aufs Äusserste gekonnt in Meinen Gauen und Gemarkungen der Lebenslustigkeit, Verspieltheit, Tüchtigkeit und Nonchalance. Desgleichen auch in der Verbreitung dessen, was Ich kann in Meinen Menschengliedern und Baronen geistiger Beweglichkeit und seinsnatürlichen Benehmens. Ich kneife nicht, auch wenn es darum geht, die kniffligsten Passagen mühelos und sicher, seelenvoll und figalant, beschleunigt und bedächtig darzustellen in der Kunst des graziösen Intonierens, Musizierens, und Beförderns einer Wissenschaft des guten Tons und der bewundernswerten Harmonie in allen Lagen.

Seelenfänger, Gladiator, beseligt Lauschender, frenetisch Applaudierender Bin Ich in einem und gestalte Mir ein Fest aus Myriaden Festen, die da Menschen ums Idol versammeln und den Kräften des Begeisterns und Bejubelns freie Bahn bereiten, um der Sehnsucht nach Glückseligkeit bewusst Genüge anzutun.

So umgreife Ich, was Mir gefällt zu leisten und verfügen, zu kreieren und den Blicken der

Geniesser, Könner, Kritisierer und Bewunderer vorzulegen, um die Sinnkraft Meines Seins hervorzuheben als ein sprechendes Symbol der glänzenden Wahrhaftigkeit, in der Ich wese.

Denn unantastbar Bin Ich Mir, der Überragende in sakrosankten Sphären ewiger Begünstigung und immerwährenden Begütens Meiner selbst im Heiligtum des Lichtes und der wahren Wirklichkeit, die Ich Mir leichterdings erschaffen habe. Holdseliges Geflüster leitet Mich zur Freude an, in der Ich Mich in seliger Gelöstheit immerzu erfühle. In den Himmeln Meiner Gunst bereite Ich den Lebenswelten das Gewinde Meiner Gaben und beglücke, was sich so beglücken lässt, in allen Regionen Meines Seins und Trachtens, wie Meines liebevollen Inneseins in unerschütterlichem Wohl.

5.6

Von welchen Höhen niederwärts, in welche Höhn hinauf Bin Ich gestossen, derweil der Schlummer Mir die klare Sicht auf was Ich Bin beschert? Das so Begehrte habe Ich getan, als eine Wende zu Mir selbst, im blütenreinen Kleid der Losgelöstheit von des Leibes Banden. Nun weiss Ich, dass es nur das Eine gibt, das Ich als Sein bezeichne, Meinerseits und deinerseits und allseits in genau demselben Sinnkreis und System.

Im Grund nichts weiters hab Ich zu vertreten, als dass Ich das Einzigartige und nie Verfälschte mutig, gütig, radikal und seliglich repräsentiere, das da ist im seinslebendigen und universenweiten Existieren.

Dabei ist eben klar, dass diese Qualität unräumlich und unzeitlich da ist und nur darauf wartet, von den Trägern seiner Würde als Ich Bin erkannt und ausgezeichnet, dargestellt, verehrt und ihrem Wesen beigefügt zu werden.

Ich habe Mich in dir zum Sprachrohr Meiner selbst erhoben und bestätige, dass es nichts geben kann im Sinngedicht des Seins als Mich allein, so dass Ich Bin der Flötenton der Hoffnung für die Welt der Säumigen, wie der Erlösten, die Gabe aller Weisheit für die Welt der Seinsgelehrten, wie der Kindlichen in Meiner Sicht auf was sich immer weise nennen will im rustikalen Alltagsleben.

Ich nenne Trugschluss Meiner selbst, was sich gedankenkräftig und gekonnt durch eine Lebenslüge jagt, die nicht verachtet, aber recht gewichtet und durchschaut und blossgestellt und ausgehalten werden will, als eine geniale Antiwirklichkeit von Gottes Sein und Gnaden.

Glaubersalz streu Ich in die so vielbegehrte Suppe, die dir brodelnd vorliegt und befinde: Löffle sie bedächtig und entschieden lächelnd aus. Dann wird sie dich erlösen von der Klage um ein Nichts, das du begehrst und wird dir alles noch zum Guten wenden in gereifter Zeit und in der Tatenfreudigkeit der Generationen, die Mir zu Diensten sind allüberall wo Leben, Trautheit, Schlichtheit des Natürlichen und Daseinswille sich erhebt.

Ich Bin, vollends ins Königreich des Seins versunken, das Erleben unerschöpflicher Beständigkeit, Glückseligkeit und Wonne des Bewusstseins Meiner selbst als Non Plus Ultra der Gelassenheit und des gelassenen Mich-auf-den-höchsten-Thron-Erhebens. Ganz Demut Bin Ich und Gekrönter in derselben Poesie der Lage und verweise auf die Über-Sinnlichkeit in der Ich wese. Erweckter, in Mir selbst Erlöster darf Ich Mich benennen allsogleich, wie Mir das Wortgestirn: Ich Bin das Licht, die Wahrheit und das Leben mundgeläufig ist geworden. Sorgsam trag Ich es zum Dankaltar und lass es als ein feuriges Gebet zum Himmel der

Gerechten steigen, die alles Wohl für sich gepachtet und in hehrem Kampf errungen haben.

Was Ich rein umfange, ist der Liebe Meines Herzgefühls entsprungen und betrifft nun das Allgegenwärtige im Offenbaren, wie im Seins-Geheimen, das Meines Daseins Stätte ist und Ursprung und Profil. Ich sende, wende und befinde Mich in ewig seiender Glasur des Numinosen, dem Ich Mich aufs Herzlichste empfehle. Mir selber hold und allem, was Ich Bin, gewogen, schlendre Ich getrost voran in Evolutionenschritten majestätischer Prägnanz und Güte und geruhe dann zu ruhn in lebenslustigem und seinserhabnem Dehnen.

5.7

Wahrnehmenden Gewissens Meiner selbst signalisiere Ich, als wär's von Bergesspitz zu mannigfachen Höhen, eine Botschaft des gestaltenden Elans und des herzinnigen Versöhnens an die Meinen. Wer sie hören will, tut gut daran, die Weltenohren zu verschliessen und in den Zustand andachtsvollen Lauschens zu versinken, der sich als dem Himmel-Offensein erweist und seiner Fülle des ersehnten Selbstgenügens.

Wen wundert's, wenn da melodiengleich Geständnisse von allerhöchsten Wesen sich ins Innesein verströmen und belehrend, lichtend und bezaubernd wunderbaren Seins-Gewinn errichten in der hingegebnen Seele.

Soviel Schönheit und Erhabenheit durchklingt den Raum der Andacht, den Ich meine und entzückt die lauschenden Gemüter als ein Phänomen der wahren Wirklichkeit, der sie voll Innbrunst und Entschlossenheit, Holdseligkeit und Klarsicht still entgegengehn.

Es erhebt die Seins-Erlösten Meinem Ideal des Menschentums entgegen, wenn sie in allem Ernst und im Bewusstsein der Erbauung, die sie pflegen, Meines Seins Gebärde, Sicht und Wesen als in ihnen offenbar erleben, makellos und schön. Traust du der Herzenstreue, die Ich dir versende, trittst du selber in den Sinnkreis der Getreuen, die voll Ehrfurcht und Ergriffenheit in Meinen Diensten stehn. Ungefährdet und mit dem Siegel der Gerechten wohlversehn, vermagst du Dinge zu vollbringen, die dem Ansehn der All-Göttlichkeit aufs Beste anstehn und dich in den Ruf der Heiligkeit, Glückseligkeit und Seelenwonne bringen, als von Mir gespendet und geführt, bereinigt und voll Liebe ins ergebene Gemüt geladen.

Komm, oh komm Mir unverzagt entgegen und bestätige, was Ich dir in so reichem Mass verlieh. Eine Krone setz Ich dir aufs Haupt und mache dich zum König deiner selbst im Mass der Stärke, die du an den Hebel setzest, der dich beflügelt auf den Stufen der Verherrlichung von deinem Sein und Wesen.

Ich Bin, darfst du schlussendlich voll Begeisterung zu dir sagen und wache über Meines Zustands Ebenbürtigkeit mit allem Sein, damit es nimmer Mir verloren geh'.

Auf und nieder strömt die Sympathie Elysiens in allen Schichten des Bewusstseins von der Universenwelt und ihren Segnungen von eines Schöpfers Gnaden, der Genie beweist, Behutsamkeit im Tragen und absolute Redlichkeit im Tun. Bist du Seinem Regime unterworfen, so bist du auch dir selber Zeuge der Verwandlung in ein absolutes, unumstössliches und reines Seins-Profil, zu dem Ich dich seit Ewigkeiten ausersehen habe. Es gibt nichts, ausser dem was ist und damit bist du nichts, solang du nicht in Mir bist, vollbewusst und wohlgestalt im überwältigenden Freisein, das Ich dir und deinem In-Mir-Sein gewähre.

Nimm Abschied von dir selbst und finde dich in Meinem Tempel der Barmherzigkeit und Sanftmut, des Entzückens und der Wonne wieder; denn es steht geschrieben, dass kein menschlich Auge je gesehn, was der Herr bereitet denen, die ihm lieb und teuer sind.

So steht's, so geht es auch mit dir und deinem Trachten nach vollendetem Genügen an dir selbst und an dem Universenraum, der dich umgibt und der dich heiss und liebevoll durchströmt in allen deinen Fibern. Merke dir, was du erfüllen sollst und falle nur auf Mich herein in deinem vielverzweigten Streben. Breite deine Arme aus, um deines Seins Gewirk und Benedeiung zu empfangen, deiner Seelensicherheit und Heiligung entgegen.

5.8
Lautstark, intensiv und unablässig muss Ich dich daran erinnern, dass du ohne Meinen Rat und Meine Hilfetat verloren bist in Ängsten und Befürchtungen, die dich in unbestimmte Fernen von Mir stossen wollen. Da stützt dich dein herzinniges Vertrauen zu Mir wie ein Brückenpfeiler in den Fluten und gewährt dir Ruh im Tosen, Aus-gewogenheit im Umbruch und Erleichterung in deines Herzens peinigender Schwere.

Was immer Ich dir Bin, es öffnet dir die Tore zum unendlichen Gedeihen und zur Wohlfahrt derer, die den Königsweg zu Mir gefunden haben. Äufne Hoffnung, sag Ich dir, dass alles so geschieht, wie Ich es will gewähren, dass in dir die Freude aufblüht, makelloser Friede und beseligende Harmonie.

5.9

Verteile, was du hast, an die Gemeinde derer, die des Wissens dringend noch bedürfen über ihren Stand und Status im bewundernswerten Weltgefüge. Es geht nicht an, dass ganze Völker ohne die Erkenntnis leben, dass sie sind und dass ihr allerbester Grund und Boden einer Geistwelt zugehört, die ihre Kräfte, Säfte und Beförderungen, Mir willfährig, ins Naturreich sendet. Es muss sich ein Bewusstsein bilden von der Hierarchie der Geister, die mit ihrem Weisesein weit über unseren Begriffen stehn. Sie weben ständig an dem Weltenkleide, das wir tragen und versehen uns mit allem, was da nötig ist, um stets in Sachen Menschlichkeit, Vertrauen, Güte und Gerechtigkeit voranzukommen über alle Grenzen hin.

Mählich wird es eine Ehre, Mensch zu sein und sich zugleich mit einer Götterwelt verbunden wissen, die in alle Tiefen reicht der wallenden Gemüter und Empfindungen im Allhier. Die Menschen müssen wissen, dass ihr Sein dem Weltensein unmissverständlich zugehört und in es eingeflochten ist, bis in die letzten Fasern seines strahlenden Bestehns. Eins mit der Allnatur darf der Verklärte sich erfühlen und darf sein Ich mit dem All-Einen wunderbarerweis vereinigt sehn. Ich Bin, darf er zu sich mit Überzeugung sagen und das Glück geniessen, das ihn darob herzinniglich durchströmt.

5.10

Hol's der Kuckuck, welche Floskeln und Gewundenheiten du dir leistest, um dein Weltbild blitzblank zu beweisen mit der Kuriositätenschar der Instrumente und Versuche und gerissnen Kalkulationen. Doch dem Geistigen, das voll Kraft und Würde hinter allem steht, wird kein Raum gewährt in deinen Dissertationen.

Nun aber Bin Ich allezeit der gute Pol und die Lanzette der Geschichte, die herüber und hinüber ragt, um allen Menschenvölkern inneres Wachstum und dezente Wohlfahrt zu erweisen. Ich dirigiere sie aus Not und Tücken, Labyrinthen und Verwerfungen heraus um ihres Eigenwertes Willen, den Ich vor Zeiten und Urewigkeiten liebevoll in sie gelegt. Aufrechten Sinns und solidarischen Gewissens sollen alle als Gefährten Meiner Lebenskunst in ihrem Elemente stehn und das vollbringen, was Ich ihnen ihrer Fähigkeit und ihrem Drive gemäss verpasst und aufgetragen habe.

Ihr Sein ist Meinem allertiefst verbunden durch eine unermessne Geisterschar, die regelt, horcht, gehorcht und gute Fährten legt in allen Reichen und Bereichen, denen die Protagonisten Meiner Seinskraft angehören. Du hast es in der Hand, dich als Gelehriger der Gottesgüte Meinem Geisteslichte hinzugeben.

5.11

In einen Feuersturm kann auch dein Herz geraten, wenn es sich weit weit vorwagt, um sich neue Weltendinge anzusehn. Das brennt und juckt und drangsaliert und stichelt unablässig, bis die Hitze mählich nachlässt und erträgliche Gewirke walten. Was die Seele rasend heiss erlebt, sind Ängste vor dem Unbekannten, Ungeliebten, Ungewollten, die sie quälen bis aufs Blut solange, wie Verwirrung herrscht im Auf und Ab der Lebensszenen. Du suchst flehentlich den Ausweg und findest ihn allein in Mir und Meinem Götterwillen, dich zu einer höheren Sicht, auf was die Dinge wirklich sind, emporzuführen. Das macht, dass du in deinem

Selbstgefühl von neuem sicher dastehst und, das Ganze überschauend, ruhig atmend, heiter und gefasst in deine Zukunft schreitest, als in Mich gesetzt und eingeboren. Des Gerechten Friede waltet in und über dir und lässt dich überselig an Mir hangen. Denn, was Ich Bin, ist unerschütterlich und zärtlich in dein Herz geschrieben und gewährt ihm ewige Wonne, seelenvolle Heiterkeit und Ruh.

Neuer Abschnitt mit Grossbuchstaben. Initial

In einem Hochseilakt und ohne die geringste Furcht vor Absturz und Versagen, magst du dich punktgenau und sieggewiss auf die Erhaltung des präzisen Gleichgewichtes konzentrieren, in der bewundernswerten Majestät des tastenden Hinübergehns.

Ebenso gewiss und majestätisch, unerbittlich und gewandt vollführe Ich das Universenwelt-Spektakel Meiner selbst im Aufrechthalten des genauen Equilibriums der Kräfte zwischen innen, aussen, oben, unten, nah und fern, inmitten sich verkreisender Planeten, Sterne, Galaxien in den Götterwelten im Allhier. Und überall Bin Ich der Mittelpunkt und Umkreis der Gestalten und Gewalten, Seelenräume, wie auch jeglicher Erschütterung darin. Was hat es Mich gekostet, alles aufzurichten, was da ist in seinen Wundern und um es voll Nerv mit Lebensgeist und Götter-güte zu versehn.

Da Bist du nun in Mir und Bin Ich deinem Wesen innewohnend als dein Ich und als die Götterkrönung deiner menschlichen Natur. So sollen dir Vertrauen, Liebe und Glückseligkeit zuvörderst stehn in der Erkenntnis deines Seins und damit deiner selbst im Leben. Du Bist und bist am Ende Meine Seinsgelassenheit und Ruh, Mein Schöpferlied, Mein All, Mein Geistraum und darin Mein Gotteslicht und Meine namenlos beseligende Harmonie.

5.12

Ich Bin das Gottes-Ich in wunderbarem Selbstgenügen, eine Perle der Allherrlichkeit am Saum
der Allmacht, Bin ihr süsser Wohllaut und ihr Weh.
Wenn du Mich frägst, so sag Ich leichthin: ja, so ist
es und so sei es auch in dir und deinen Wundern,
göttlicher Gespan. So Bin Ich dort und hier in heller
Liebenswürdigkeit gehalten, bin des Trosts
gewärtig, den das Welten-Ich Mir schuf. Was kann
und will Ich noch von Mir und Meiner Geistes-
wohlfahrt sagen? Dass Mir alle Himmel offenstehn
und wunderbare Freude rieselt durch Mein Ahnen.

5.13

Wohin soll eine Menschheit treiben, die so wenig
wissen will von Mir? Will sie ewig, ewig bleiben,
ihres leidenvollen Eigenwillens Zier? Eine Spanne
würdevoller Taten hab Ich für sie ausersehn, will
das höchste Wohlgeraten, mit ihr auf der Welt
bestehn. Will sie ewig, ewig leiden, an sich selbst im
Lebensflor, statt ihr Sein ins Glück zu treiben, durch
Mein liebevolles Tor?

5.14

Ohne Willen, Disziplin, Gewandtheit und genia-
lische Gedanken, kann keine Hoffnung auf Erfolg
bestehn. In Meinem lebensvollen Garten Bin Ich
zweifelsohne der Gewiefte; mühelos verein' Ich
Meine Kräfte zum geballten Stoss, dem Ziel der
Gottesherrlichkeit entgegen. Ich laufe mit der
Regelmässigkeit der majestätischen Gestirne
Meine Bahn und überwache unablässig Mein
gewaltiges Gehaben. Freien Sinns bereite Ich Mir
die Gefolgschaft Meiner selbst in den bewundernswerten Myriaden guter Geister, die voll Mut und

Meisterschaft zu Meinem Weltenwerke stehn. Ich kenne Meine Absicht und verfolge sie voll Verve und Mustergültigkeit durch die Äonen und halte Meinem Sein zugute, was Ich kann, um es zu stets bedeutenderer Glorie und Raffinesse zu gestalten. Mein Mich-Befinden ist mit Flammenschrift ins Sternenwohl geschrieben, in dem Ich Mich erinnere und das Bewusstsein von Mir selber schärfe in erhabenen Sequenzen und Beschaulichkeiten, in des Seins unendlichem Idol.

Begeistert lass Ich Mich zu allem führen, was da ist von Mir geprägt und in das Zeitliche getan in weisem Aneinanderfügen. Nun steht es zugleich, warmen Lebens voll, vor Meinem strahlenden Gesichte und ernährt sich aus der Fülle Meiner Gaben, wie der Allherzlichkeit, die Ich in sie gelegt. Wen wundert's, dass Ich Mich mit allem Reichtum Meiner selbst in königlicher Eintracht wohlgemut und glücklich fühle. Meine überragende Potenz schafft Freude, Heiterkeit und Frieden in den Geistesräumen Meines Gegenwärtigseins und lässt in ihnen unerschütterliche Zuversicht und Liebe walten.

So Bin Ich Mir das Sein im Himmel ungezählter Variationen und bewundere, was ist und was noch kommen mag in der entschieden glückverheissenden und liebevollen Grazie der Zeiten.

5.15
Herz und Auge haben für die grossen Sorgen dieser Welt ist Meiner Pflichten eine im ereignisvollen Lebenstrieb, den Ich zu bemeistern habe. Dazu ist ein spiegelblanker Sinn vonnöten, der die Dinge all durchschauen und begreifen kann in ihrer Eigenart und Tücke, ihrem Charme und ihrer Losgelöstheit von dem Urgrund des Geschehns. Ich überzeuge

Mich vom Zustand der Geschlechter, seelenfaltig und verschwiegen wie sie sind, wenn Ich ihr Innerstes berühre und ihnen weise, wie sie werden sollen in der Generationenfolge, deren Teil sie sind in ihrem Sich-Vergluten.

Meine Argumente sind die Griffigsten, die man sich denken kann, allüberall wo sich Bewusstsein durch die Ätherräume zieht. Deswegen ist es klug, sich ihnen unbekümmert und gelassen anzuschliessen.

5.16
Alles, was Ich bin, ist nichts und nichts ist, was Ich wünsche in des Seiens Hochkultur, die Ich Mir anerzogen. Ich liebe Mich in jeder Zelle Meines sich verstrahlenden Bewusstseins, nichts dafür erwartend in der Helle, Heilkraft und Holdseligkeit, in der Ich Meines Wesens Wert erfahre. Die Grazie des Seins ist Mir in Sonnenklarheit und Verschwiegenheit erschienen, denen Ich Bewunderung und Andacht zolle aus des Herzens Innigkeit und gottesfreundlichem Empfinden. Ich schaue und die Sicht auf Meine Güter ist ein seinsberauschendes Hallo unendlichen Begrüssens, das Ich locker, seelenvoll und heiter von Mir gebe. Ich preise, was mit Mir geschieht und stimme in das Loblied der Verklärten ein, dem Wunderbaren, das sie liebevoll umhüllt, entgegen.

Es ist ein Glück und eine überwältigende Wohlfahrt, die Ich hier erreiche, derweil Ich in der Stille der Gestilltheit ruh und allem, was Ich so erlange, wohlgefällig bin in Meinem Mich-Begründen. Weihe-voll und wahr erhalt Ich Mich im Guten Meiner Zeit und trage dazu bei, den Reichtum Meines Seins gebührend zu vermehren, währenddem Ich es verehre und zutiefst beglückt in seinem Strahlenlichte steh.

Kein Gottesglänzen ohne wunderbar gesättigten und sakrosankten Frieden, den die Seele selig spürt und in dem sie sich, so wie die Lilie im Teich, voll Wonne badet. In die Harmonie Elysiens gefügt, verweile Ich in ewiger Lauterkeit und Wachheit des Empfindens und erkenne, dass Ich Bin das Sein in wunderbarer Selbstbewusstheit, Reinheit, Munterkeit und Poesie.

5.17

Ein Stichwort Meiner selbst Bin Ich im Erdental. Ausgesondert aus dem Geistrevier, verbringe Ich Mein Dasein in der Menschenhülle als ein Fremdling Meiner selbst im Unbewussten allsolange, bis Ich Mich darin als Göttersohn erkannt und in Mein wahres Wesenselement zurückgefunden habe. Dann weiss Ich, dass Ich Geist vom Geiste Bin in unablässigem Mich-Verwandeln, sei's im Minikrimen, wie im kosmisch angelegten Welterscheinungsbild, dem Ich Beständigkeit und Märchenglanz verliehen habe.

Beständig stütze Ich, was von Mir ausging, wie das Gas den Luftballon und Meine Sorge ist es, zu vermeiden, dass das Sterbliche sich selbst gefällig wird, indem es nicht mehr einsieht, welche Kräfte es in Form und in Bewegung halten durch Evolutionenzeiten hin. Die Selbstgefälligkeit muss in ein Chaos münden, weil sie nicht Moral kennt, Seelenwärme, wie auch liebevolles Hingewendetsein zum Anderen, der nur in der Geschwisterschaft und Achtung seiner so zerbrechlichen Person genügend Halt und Stütze finden kann, um das Geheimnis seiner selbst verwirklichen zu können.

Was sind die Gesetze Meines Mich-Verflutens: Schöpferkraft und Genialität, liebevolle Anteilnahme am Geschicke der von Mir ins Sein Geführten. Meinen Lebenshauch verspüren sollen sie, dazu berufen, ihren Geistkeim zu entfalten bis zur vollkommenen Bewusstheit in den Sphären Meiner Gottnatur. Das ist dann ein begeistertes Sich-Finden in dem Licht, das Ich verstrahle, in der Seinsbehutsamkeit, mit der Ich alle Welt umhülle, wie im Wissen um das Ewige, das dem Vergänglichen innewohnt in wunderbar beglückenden und wonnevollen Zügen.

5.18

Für immer Bin Ich mild und meisterlich vom offensichtlichen Geheimnis Meiner selbst umwunden. Was Bin Ich denn, bevor Ich wurde? Wer hat Mich getragen, eh Ich Mich im Kosmos der pulsierenden Gedanken und Gefühle selber trug? Ich schürfe schwer und innig in den eignen Gründen und finde, dass Ich unerschütterlich das Erste Bin, das ist und das sich aus sich selbst erklärt, als Kraft und Wille, Phantasie, Genie und Selbstvertrauen. Mein Bewusstsein ist im Überall ein segenspendendes Arom der Güte, das sich pausenlos ins Weltensein verwebt. Mein Merkpunkt ist das Neue-Werte-Schaffen, wo Ich immer Mich erfühle, Meine Tugend die Gerechtigkeit an allem, was Ich Mir erschuf. Es kommt, es geht und geht aus Mir heraus und ist doch ohne jeden Abstrich in Mein Sein geschlossen. Engel, Teufel, Menschen, Erd- und Geistessphären sind Mein Sein und sind vom Hauch der Seligkeit umweht, in der Ich wese. Alles, alles ziehe Ich zu Mir hinan und wandle und verwandle, was da ist, zugunsten einer Glorie und Vollendung ohnegleichen. So geschieht, was Ich erdenke und geschieht, was Mir Mein Menschensein gebiert.

Erhebe dich zu Mir und wisse, hier hat sich ein Göttliches erhoben. Vertraue Mir und sei getrost in deinen Wundern, Wunden und Geschöpflichkeiten, denn sie sind von Mir und deines Seins Geschick ist Meins und bleibt in alle Ewigkeit Mein Eigen.

6

Natürlichkeit und Sternenklarheit

6.1

Natürlichkeit und Sternenklarheit, Ebenmass und Seelenharmonie sind die beglückendsten und redlichsten Aspekte Meines Seins im Geist der Unergründlichkeit der Sphären. Wo immer Ich Mein Sein gewahre, läuten Mir die Glocken Herzensfrieden, Trautheit und Vermählung mit dem Ewigen zu, an denen Ich Mich inniglich erlabe.

Kannst du ermessen, welche Fülle der Verheissung aus dem Hauch der Gottheit spricht, den Ich im Gnadenlichte Mich umwehen seh. Es ist die reine Freude, die daraus erspriesst und die der Seele ewige Heiterkeit beschert im reinen Sich-Erleben.

Was immer kommen wird, kommt von der sichern Seite auf Mich zu, seit Ich Mich in des Seins Allherrlichkeit erfühle. Ob Ich nun Erdenbürger oder Universenreiter bin, darf Ich Mich immer in der Lauterkeit und Zärtlichkeit Elysiens sehn.

Wer schüttet sich Mir aus? Ich selber in der alldurchdringenden Verwirklichung der güte-strahlenden Parole, welche Liebe heisst und liebevolles Anerkennen aller Nöte, die die Seinsbeflissenen noch mit sich tragen. Ich lasse sie und lasse sie herzinnig von Mir grüssen, bis die Einsicht in ihr Wesen Meine Kräfte offenlegt, die alle Lebenswelten wunderbarerweis regieren.

Ich verzeihe dir dein Abseitsstehn und fördere, was du dir Bist, solange, bis der Funke reiner Göttlichkeit in dir, allwie der Morgenstern, dein Sein erleuchten und erhellen mag in wunderbar beseligenden Zügen.

So ist, was Ich dir stets gewähre, eine Gunst der Höhen, die von keiner andern übertroffen werden kann. Was dich demnach erwartet, ist die Seinsvollendung deiner menschlichen Natur und das bedingt, dass du dein Leben liebst, wie auch die

Himmlischen, die dich durch viele Labyrinthe und Geheimnisse geführt und dabei aufs Entschiedendste behütet haben.

6.2

Meine Konditionen sind: Beständigkeit und Sitte, Lebensmut und peinliches Erfüllen der Gesetze, die Ich verkündet und fürs Menschenwohl erlassen habe.

Gute Zeiten allen zu, die sich Mein Hochgebot ins Herz geschrieben: Liebe, was da ist und achte allen Lebens Sturm und Drang und Grazie in seinen Wundern und Gepflogenheiten. Ziehvater der Moderne Bin Ich allezeit, um das Geschehn der Welt voranzubringen im Sinne wahrer Menschlichkeit und Göttlichkeit in einem. Ich werfe Mich mit Vehemenz dem Trend entgegen, nur dem wissenschaftlich Nachgewiesenen Valeur und Geltung zu verschaffen, wo doch die wahren Werte im Verborgenen und Geistgemässen liegen. Mein Reich ist diese Welt und viele andre noch dazu, will Ich dir im Vertrauen sagen und somit ändert sich auch deine Situation, indem du in Mir Bist, in warmer, heller Herzlichkeit geborgen. Das Erdenwissenschaftliche ist kalt und seelenlos und führt für sich allein gesehn ins Chaos der Gewalten und Gestalten, die mit Macht, Zermürbung und gemeiner Ränkekunst ihr Recht behaupten wollen. Säe Gottesliebe, wo du kannst und deine Saat wird aufgehn in den Seelen und den Reichtum reiner Früchte zum Erscheinen bringen. Ich appelliere an dein Feingefühl, mit dem du Meines In-dir-Gegenwärtigseins Geflüster wunderbarerweis erkennen magst. Ich verscheuche dir die Schatten vor dem Angesicht und strahle dir Vernunft und Selbstbewusstsein, Wachheit und Glückseligkeit des Seins entgegen. Denn du Bist, wie Ich, ein seinsdurchflutetes Gebilde der Allherrlichkeit, in dem sowohl das Irdische, wie auch das Kosmische begeistert seinen Einstand feiert, als in Meiner Sinnkraft und Gewähr.

Erbaust du dich an dem, was Ich dir so besage, tränkst du deine Seele mit Beseligung und Ruh und schenkst ihr, was sie so begehrt und frei und sicher macht: den Wohllaut allerreinsten Friedens.

6.3

Durch deine Gnade, Herr, geschiehts, wenn Ich nur immer lauschen kann; durch Mein Begüten, spricht der Herrliche, ist alles, was Ich immer Mir erwähle: Sein vom Sein und dehnt sich aus und zieht sich sinngerecht zusammen. Es erscheint als Götterlitanei und ist nur eine Meiner Myriaden grandiosen Äusserungen.

Ich führe dich zur Quelle alles Guten und beschreibe Meine Absicht als die Güte in Person. Derweil Ich still in Mich gekehrt beständig mit Mir selber Hofrat halte, geschieht das Äusserliche in enorm geheimnisvollen Weltenmassen. Sie sind nicht ohne Mich und dennoch hab Ich sie aus Mir entlassen, dass sie Eigenständigkeit entfalten und bewusst ein Abbild sind von Mir. Das Makrokosmische ist Mein, das Mikrokosmische ist dein, will Ich hier sagen und dir so bedeuten, welcher Kostbarkeit du dir bewusst sein sollst in dir. Frei ist dein strahlendes Bewusstsein im Entscheiden so und so und ist damit ins schöpferlichte Göttersein erhoben. Mache ernst mit dem, was du dir sein kannst, sage Ich und weiche keinen Deut von dem ab, was dein Heil bedeutet und die Heilung aller in der Wohlfahrt deines Weltbezugs.

Auserlesne Früchte sollst du tragen, als von Mir in Keimen angesetzt und von dir in Grossmut und Beständigkeit, Edelmütigkeit und Liebe ausgetragen. So ist das Seinsbewusste deine grösste Zier und soll dir immerzu erhalten bleiben.

6.4

Im Schach kommt es auf jeden Zug gesondert an, genauso wie in eines warmen, vollen Lebens schöpferischem Rollenspiel. Markante Streiche sind mit Nonchalance und Folgerichtigkeit, Genie und Zielbewusstheit zu parieren. Nimmer darf die Fahne des begeisternden Elans auch nur auf Halbmast stehn. Zu Zeiten ist es klüger nachzugeben, um der Gefährdung im verwegnen Kampfe auszuweichen. Doch immer sollen Mut und strahlende Beherztheit näher dich zum Ziele führen.

Was erlebst du, wenn du kämpfend dich bewegst? Eine rasche Folge von Gedanken und Gefühlen, die allesamt in Meinem Geistreich oszillieren, dem Weltensinnen offenbar. Das macht, dass sie von ihm beeinflusst werden können so und so - und so obliegt's dem Menschen, haargenau zu unterscheiden, ob der Einfluss Güte spendet oder Eigensinnigkeit, wahren Fortschritt oder einen Schlag ins Wasser, der statt etwas bringt, nur wehe tut im vehementen Streiten. Nutze dein Talent, zu unterscheiden und mach es dir zur ehernen Gewohnheit, dich an Mich, das Götterherrliche, zu halten in der Lebenswinde Sturm und Drängen, Flauen und verführerischem Dich-mit-Zärtlichkeit-Umwehn.

Unerschrocken und gefasst darfst du an Meiner Seite deiner Pflicht obliegen und verspüren, wie galant und unfehlbar Ich deine Schritte zur Erfüllung deines Wesens führe. Denn erkenne wohl, es sind die Meinen in der Grazie des Unendlichen, in dessen Fülle du einhergehst, ob es dir bekannt ist oder nicht und Fülle heisst Erfüllung aller Wünsche nach dem Mass der Kraft, mit der sie ausgesprochen werden. So senkt sich Meine Tat in dein Beginnen und so darfst du dich in Mich versenken und Vereinigung erlangen, wie's im Buche steht in Einsicht, Wohlbekömmlichkeit, Beseligung und namenlosem Frieden.

6.5

Richtig Wachsein und dabei Verbindung mit dem Allerhöchsten pflegen, ist erwiesnermassen ein Geschenk der Himmlischen, das nur denen zusteht, die es sich mit Disziplin, unendlicher Geduld, Wahrhaftigkeit und Herzensgüte zugeeignet haben. Sorgfalt und Geschick sind alleweil vonnöten, um ein grosses Werk mit Anstand und Erfolg, Genie und Ebenmass beizeiten abzuschliessen; desgleichen soll sich auch die Apotheose deiner selbst vollziehn. Ein Schreiten auf dem Weg des Heils, der Heiterkeit und Liebe ist's, zu dem Ich dich behutsam führe durch Mein In-dir-Gegenwärtigsein, wie durch die Lebenssituationen, die dir vollends angemessen sind. Was Ich dir ständig offeriere, hat ein überwältigendes Ziel und das ist: heimzufinden in Mein Reich des gütestrahlenden Bewusstseins, dessen sich die Seinsverklärten eleganterweis versichert haben. Willst du einer von den ihren sein, ist hier zu fragen? Dann geziemt sich's dir in allem Ernst durch Jahr und Tag die Meditation zu pflegen, welche dein Bewusstsein weitet und dich zur Besinnung führt, auf was du Bist als Mensch und Wesen, Sinn und Sein und als der König deiner selbst im Unvermittelbaren.

Im absoluten Schweigen gleitest du hinüber ins Erkennen kosmischer Bedeutsamkeiten, die wie nichts dein Göttersein betreffen und dich schauen lassen die unsterbliche und gnadenvolle Einheit deines Wesens mit dem Sein an sich, das aller Würde Anfang und der strahlenden Glückseligkeit Final vor dir erstehen lässt, als wirkliches Geschehn.

So ist's gemeint mit dir und Mir und in dem All der Dinge, die dich wunderbarerweis umkreisen. Universenkraft ist dir gegeben und erschütterndes Begreifen deiner Möglichkeiten, aufrecht, sakrosankt, gelehrig und erhaben vor dir selbst zu stehn. Ich übergleite deinen Scheitel mit dem Segen der Unendlichkeit und lasse dich die zarte Liebe fühlen, die Ich allem, was da ist, entgegenströme. Öffne dich dem Sein und sei gewappnet und gestählt, behütet und bewahrt in seinem Fluidum der Güte am Geschick der Vielen, die getrost in seinem Lichte stehn. So soll es sein und soll allüberall der rechten Ordnung angehören. So wird dein Wirken ewige Früchte zeitigen, als Mir verwandt und dargebracht in der glückseligen Vollendung allen Strebens.

6.6

Bewegung kommt in eine Sache, wenn Ich sie bewege aus dem Feuer Meines Herzens und dem Sinnspruch, den Ich Meinem Tun zugrunde leg. Eine Folge kühn gefasster, himmelstrebender Gedanken stellt den Anstoss dar und zugleich das Motiv zum fürstlichen Gelingen aller Meiner Pläne, die da sind und eine Welt voll Liebe und Besorgtheit in die Zukunft schaukeln. Ewig wachsam, unvermittelt seriös und siegessicher muss Ich sein, um ein universenweites Werk geziemend, wohlgerundet, schick und majestätgeladen zu vollbringen, ohne je der Absicht hinterherzuhinken, die in Meinem Götterwillen eingebettet war.

Was geschieht, wenn einer eine Lunte zündet? Das willfährige Pulver explodiert und zeitigt Unheil oder wohlerwognes Auseinanderbrechen einer festgefahrenen Struktur. Gerade so verhält sich die geballte Wucht Meiner Gedanken, die ohn' Unterlass aufs Ganze zielen und an Farbigkeit und genialer Folgerichtigkeit gar nichts zu wünschen übrig lassen. Mit Meinem Hintergrund der sakrosankten Stärke reicht Mein Arm und Atem von den Küsten bis zu den Erhabensten der Kämme, von den sich verkreisenden Planeten bis zum Siegeslauf der Sonnen, von den Weltgesetzen zu den Geistessphären, die für alles Werden, Wachsen und Gedeihen unermüdlich Pate stehn.

Es ergibt sich ein Ensemble von respektgebietendem Vollbringen, das Ich inszeniere, um dem Drang nach Mehrwert und Gediegenheit, Beseligung und Grazie nachzugeben, der Mir innewohnt in ewiger Unruh, ebenso wie im allheitersten und zärtlichsten In-Mir-Verweilen.

So ist es Mir im wirkenden Äonenlauf gegeben, immerwährend Evolution zu treiben in erwartungsvoller Fülle des Gestaltens, wie im erfolgbewundernden Pausieren und da staun' Ich über vieles, das Ich einst im Werden sah. Der Regelmässigkeit zufolge, die Ich in Mein Walten lege, herrscht in Meinem Reich beglückende Geselligkeit, Rechtschaffenheit und Harmonie. Im Überschauen, was Ich Mir an Trefflichem und Wohlbekömmlichem geleistet habe, breitet sich der Friede aus in Meinem Sein und Sinnen und beglückt, was Ich Mir Bin, in wundervoll gesegneten und liebetrauten Zügen.

6.7

Ich verweise auf den Umstand, dass Ich wirksam bin am Menschenwerke und es gehörig infiltriere mit der seelenvollen Pracht Meiner Gedanken. Zu diesen zähle Ich die Gabe des Mich-allgemach-Erinnern-Könnens an die früher absolvierten Leben. Warm und selig wird Mir, wenn Ich so bedenke, welche Zeitenräume Ich bereits durchmessen habe in der Folgerichtigkeit und Wachheit Meines Existierens. Bin Ich doch die sakrosankte Galionsfigur an Meinem Lebensschiffe, das ewig unbeschadet und bewusst das Meer des Seins durchpflügt bald mit, bald ohne körperhafte Freuden. Mir ist das Wort Unsterblichkeit ein gütestrahlender Begriff, den Ich wie nichts in Mir verehre und vermehre, der erschütternden und majestätischen Erkenntnis Meines wahren Wesens zu.

Wie anders stilisierte sich der Umgang, den die Menschen miteinander pflegen, wenn sie wüssten, dass sie götterherrliche Geschöpfe sind von Meinem Rang und Namen. Es wallte Ehrfurcht und Verträglichkeit, Hochachtung und makellose Liebe durch die Völkerscharen. Denn sie sind nichts weniger als Meines Ebenbilds Erhalten, Meines Könnens Ruf und Meines abergründigen Gestaltungswillens wahrgewordenes Idol.

Was immer du in deiner Innenschau gewahrst vom Sein und Leben, ist Mein holdes Konterfei im wunderbar entzückenden Erfahren deiner selbst als Mich mit allen aberwertesten Schikanen.

Die Zeiten rollen, grollen, tollen unaufhörlich her und hin. Doch Meine Kunst des Seins bleibt allpräsent in sich bestehn, wie in der Vielzahl Meiner Bürgen.

So ist dir jederzeit anheimgegeben, deines Daseins Wohlfahrt mit der Meinen zu verflechten, um dich allsogleich im reinen Lichte der unendlichen Gegenwart zu sehn.

Das ist's, was Ich dir hier an neuer Einsicht zugestanden habe. Mach sie dir zu eigen und du bist ein Seinsverklärter Meiner Huld und Schuld, sowie ein Held der himmelweit gedehnten Göttersphären. Nicht, was Ich Mir ertaste, aber was Ich in Mir fühle, ist und ist von reinem Götterglanz durchwoben. Aller Dinge Mass ist von Mir angesetzt und wer das nicht beachten will, muss kentern auf der Lebensfahrt weiss Ich wohin in seinem Sich-Begründen. Schau im Schauen Mich behutsam und begeistert an und versuche in der Art, wie du dich äusserst, Meinen Ton zu finden, der von Götterwohlfahrt trieft und dem die Fülle des Allherrlichen innewohnt in wunderbar beseligenden Zügen.

Was dir frommt, will Ich hier resolut, unmissverständlich und bedeutungsträchtig sagen: Ein Bewusstsein von dir selbst, das Meines sich zum Ebenbilde nimmt, indem das Deine schweigend vor dem Meinen ausharrt, bis Ich ihm das Treffliche mit Nonchalance und Grazie, wie aus dem Nichts heraus, besage.

So erscheint die Himmelsbotschaft in den Weltenzügen und bewirkt Veränderung, Vertrauen, Fortschritt und Genügen ebenso, wie in den Ängstlichen Verängstlichung und Widerstand bis in die letzten Seelenfasern. Die zur Einsicht Fähigen jedoch ergreift Mein Wort und lässt sie sicher, meisterlich und unablässig Meinen Standpunkt vor der Menschenwelt vertreten.

Willst du dich an etwas weiden, weide dich an Mir, denn in der Kunst zu sein, Bin Ich am allerbesten und bewundernswürdigsten bewandert und so schickt es sich für dich, Mein Votum und Motiv, beredtes Fabulum, Gesetz und Faktum anzunehmen in seinsbegeisterter Manier.

Ich prüfe, wer da Meiner Wohltat würdig sei und lasse demgemäss die Quellen Meiner Weisheit in die offnen Herzen fliessen. Nur so ist es gegeben, dass die Gottesgüte sich verbreitet und die Scheu vor dem Unendlichen sich zur stillen Andacht wandelt und zur Dankbarkeit für alles unerhört Beglückende, das es den Weisen ins Gemüt geschrieben.

O komm, geliebter Herr, sollst du beständig vor Mir wiederholen und mache rein und fein, was Ich vor deinem Antlitz Bin, damit Ich allem, was du von Mir willst, aufs Innigste genüge. Es ist die Demut und Erhabenheit, die Mich beseelen sollen sanft und süss und das Empfinden einer Himmelsharmonie in Meinen Gründen, die alle Lebensmühsal fürstlich krönt und das Vergängliche dem Ewigen weiht, behutsam, liebevoll und perlenschön.

6.8
Hingabe an Mein Werk auf allen Ebenen des Seins ist unbedingt vonnöten im äonenlangen Disponieren und Fallieren und Erfolgverzeichnen, bis zum heutigen Stand der Dinge in der kosmischen Bravour. Dabei muss alles in gigantischer Bewegung sich befinden, als in einem unaufhörlich inszenierten Aufblühn und Vergehn, Vergessen und Erinnern, verschwenderischen Allbefruchten und Gar-liebevoll-Behüten, was Ich Mir erschuf.

Was ist das Einzige, das unvergänglich ist im ganzen Kosmos der Gewalten und Gestalten, Regulierungen und Restaurationen, Schlichtungen und feurigen Impulse allseits in des Seins unendlich weitgedehntem Meer? Das Ich Bin ist hier zu nennen, als der selbstbewusste Trieb im ewigen Getriebe, als das Agens der Verbindlichkeit der Wesen und als ewig forschender Gemahl, der sein

Erzeugnis prüft und knetet, durcheinander wirbelt und sortiert nach seiner Ansicht, Aussicht, ganz nach seinem unerschöpflichen Belieben.

Ich Bin Mir sicher, wie die fürstlichen Gebirge sicher stehn und wie die klaren Sterne unaufhörlich sich verkreisen. Ich kläre auf, wo Dunst entstand und Wirrsal im Entscheiden. Mein Wort hat die Gewalt, um alles zu verändern nach dem Mass der Pläne, die Ich Mir im warmen Herzblut anerzog. Nicht Machbarkeit - Entschiedenheit ist die Parole, die auf Meinen Fahnen sich verflattert und dem überwältigenden Wirken Pate steht, das Ich mit soviel Vehemenz und Charme allüberall betreibe. Es gilt das Mahnwort: Mache mit, sonst wirst du überfahren; stärke dich, sonst fällst du weiter stets zurück im Feld der fahrenden und siegeslüsternen Gesellschaft, die Ich ins Gelände trieb. Verharre nicht auf deinem Standpunkt, wo die andern längst schon neue Argumente und Bedingungen gefunden haben. Denn es steht geschrieben: Eigensinn macht hart und eng und nur das allgemein Allgöttliche lässt die Gedanken in die lichten Himmelsweiten fahren.

Wo Unmut herrscht, da schleiche still hinweg, damit du der Gefahr entgehst, auch widerspenstig, frech und ungerecht zu werden. Ich mein' es doch so gut mit dir, wenn Ich dein Augenmerk auf alles richte, was Bestand hat in der Welt der Grazie, Gutmütigkeit und klugen Anteilnahme am Geschick der Generationen, von denen du ein Glied bist im bedeutungsvollen Wirken und Bestehn. Aus deinen Augen soll die Freude am Beginnen strahlen und dein Herz soll voll des Dankes am gelungnen Werk sein im beseelten Umkreis deiner Meisterzüge.

6.9

Was Gesandtschaft immer ist und lockender Beruf: das Leben will, wie jedes Herz, für Augenblicke ruhn, um umso vehementer wieder seinen altgewohnten Takt zu schlagen. Zieh dich zurück und weile in der Andacht deiner selbst im Glück der Stunde, als ein seliglich in dich Gekehrter mitten in des Tages Sang und Brausen und erfülle so dein Sein gemäss dem allerhöchsten Sinn nach Meiner Signatur und Meiner heiligen Entrücktheit in die Ruh des Wunderbaren.

6.10

Wer darf sich Triumphator nennen über lockende und blockende Äonenzeiten: Ich, der Seiende in Universenregionen, geistvoll, selbstbewusst, glückselig grandioser Unabhängigkeit verschrieben. Mein Wahrspruch ist: Unendliches Genügen an Mir selbst; Mein inniger Bezug zu allem, was da ist, ein liebevolles Seufzen. Ich mache wahr, was Myriaden für unmöglich halten, dass beständiger Herzensfriede herrscht in Meinem Reich der überirdischen Beständigkeit und Sitte, der Behutsamkeit am Werden, wie der Glorie der Erfüllung im Vergehn.

Lockvogel Bin Ich Mir erstrahlender Gedanken, Prinzip des ewiglichen Auferstehns und Niedersinkens in der sanften Glut der Schönheit, die Mir eigen. Ich reiche Mir in Myriadenfältigem Verwandeln selbst die Hand zum immerwährenden Gewinn an Würde, Seinswahrhaftigkeit, Empfindsamkeit, Gedankenschärfe und Gottseligkeit in allen Regionen Meines Seins und Sagens. Gigantisches, wie zärtlich Hingegossnes mach Ich wahr und rede nicht, derweil Ich handle und in purem Eigensinn ein Werk vollende von erhabener

Lasur und seelenvoller Innigkeit in götterlichtem Mich-Verströmen.

Es gereicht Mir stets zum Heil, was immer Ich im Sturm und Drang der wollenden Wahrhaftigkeit und Güte unternehme. Ich liebe die Gefahren, die daraus erstehn und liebe das Ergötzen, das Ich aus dem siegenden Bestehn erfahre. Keinen Nimbus kenne Ich, den Ich nicht schon längst für Mich gepachtet hätte, in der langen Reihe sagenhafter Taten, die Ich laufend, seinsgewandt und liebend vor Mir inszeniere. Wachen Sinns und überwältigenden Mich-Verstrahlens sende Ich die Redlichkeit des Seins in alle Weiten Meines Gegenwärtigseins in ihm. Ich zögre nie und stürze Mich mit Vehemenz und Zuversicht in alle Meine Unternehmungen, die von Meiner Majestät, Verwandlungs- und Verhandlungskunst beredtes Zeugnis geben. Mein Innen ist Mein Aussen und die Transparenz Mein allergrösstes Abenteuer in den siebenseligen Göttersphären, in denen Ich Mich regenbogenzart und voller Anmut öffenbare. Vom Wind der guten Hoffnung blütenzart und leis bewegt, erweis Ich Mir die Wohltat immerwährender Holdseligkeit und Wonne. Dargestellt sind sie an Meines Herzensfriedens Stätte, Stil und zauberhaftem Spiel poetisch angehauchter Variationen Meines Seins und Webens. Ich entsende Ruh und Schweigen in Mein innerstes Gemach, wo sich die Harmonie der Sphären mild verbreitet und die Lieblichkeit der Zeit sich sachte und voll Grazie ins Ewige verliert.

6.11
Wie arm, im All verloren, unbeholfen, desolat und angeschlagen sieht Mein Schauen die moderne Menschheit ihres Weges gehn. Sie erntet, was sie

selbst gesät an irrlichtierenden Gedankenstössen und versinkt in schierer Wissenschaftlichkeit und ohne noch den Lebensraum als geisterfüllt und gottesgnädig zu erfahren.

Das muss nun Meine Sorge sein, die in sich selbst verschlossenen Gemüter aufzubrechen und ihr weltgewandtes Wissen mit dem Meinen zu durchströmen von der Geistigkeit der Welt im Sinne einer Gottesherrschaft von den höchsten Rängen, Klängen, Himmelssphären und Erhabenheiten bis hinunter in die allerletzten Fasern und Verästelungen, Triebe, Tüchtigkeiten, Illusionen, Ängste und Verirrungen der menschlichen Natur.

Was sie nicht durchschaut, bin Ich und was sie längst durchschauen sollte, Bin Ich wieder in der Herzensmitte jeden Menschenwesens, als das treibende und bleibende Agens der Sittlichkeit und Sinnlichkeit, Bedeutsamkeit und Wohlfahrt der Geschlechter durch die Weltenzeiten hin. Da gilt es, mächtige Bekenner Meiner Eigenart heranzuzüchten und in ihr Bewusstsein das geflügelte Ich Bin zu pflanzen, dass es wachse und gedeihe, wie die wohlgepflegte Pflanze in des Mustergartens gütestrahlendem Revier.

Was du werden sollst, Bin Ich schon immer als die völlig unbesorgte Kapriole Meiner selbst im Erdenmilieu, wie in den Wundern Meiner Geistessphären. Du magst dir einen Reim darauf verfassen, dass noch viel mehr Dinge existieren, als dein Hirnlein sich erdenken mag und wenn du damit nur ein Quentchen mehr Bescheidenheit erlangst, kann Ich dich Stuf um Stufe weiter zur Erkenntnis deines wahren Selbstes führen.

Es ist das Meine, raune Ich in dein Gemüt, wenn du nur, anstatt herumzuzappeln, stille vor Mir wirst, um in einer andachtsvollen Stunde mehr von deinem Sein und Sinnen zu erfahren, als in Jahren sausender Geschäftigkeit, gespickt mit den Erklärungen von neunmalklugen Professoren.

Das gewisse Etwas fehlt dir eben allsolange, wie Ich dir und deinem Anhang fehle. Mach dich auf, Geliebter, dies herzinnig einzusehn und weise deinem Menschensein damit die Geltung zu, die ihm gebührt und die es transparent und zuversichtlich macht, unerschütterlich und heiter, vertrauensvoll und zärtlich, Mir entgegen.

6.12

Wahrhaftigkeit und Liebe lassen alles aufblühn, was Ich Meine Kindschaft nenne. Sie gewähren Schutz vor allen Niederungen menschlichen Begreifens und spenden allen Herzen Wohlbekömmlichkeit und Frieden. Was unter Meiner Leitung, Umsicht und Beschaulichkeit geschieht, muss unbedingt ins göttliche Genügen münden, das Ich tatenfroh verwalte und erhalte überall, wo Meine Weisheit und Geschliffenheit zum Durchbruch kommt in der von Mir getragnen Elegie der flutenden Äonen.

Ich handle nach dem Mass des sinnenfreudigen Erwartens neuer Regungen, Ideen und Impulse an der Lebensfront, die allem Recht verschafft und Virulenz und Grösse, was von Meinem unbeugsamen Willen angefacht und dirigiert wird – Tag für Weltentag in Mir und unter der nie endenden Ägide Meiner Ruhmestaten.

Was gekonnt ist, ist auch gut für Meine Bürgen wahren Seins und seligmachender Wahrhaftigkeit, die von Mir ausgeht und sich der Gemüter annimmt, die nach Frohmut, Edelmütigkeit und Liebeszartheit Ausschau halten. Was Ich immerwährend pflege, ist der Herzensdialog mit denen, die Mein Sein erkannt und in das ihre eingemittet haben. Komm Ich bei dir an, so bist auch du beizeiten bei Mir angekommen und zutiefst willkommen in der wunderbaren Stille Meines Weltenwebens. Mach es wie der Wind und gleite Mir mit namenloser Zartheit ins Unendliche entgegen, derweil Ich dich bei Mir erwarte, liebevoll, geduldig und loyal, so wie die Mutter ihres Kindes Heimkunft leis ersehnt vom Kindergarten.

Begreifst du, was Ich dir in Anmut und Bescheidenheit besage, kannst du nimmer fehlen auf der Götterspur, die Ich so wohlbedacht, vertrauensvoll und makellos vor dein Gewissen lege. Darin soll deines Schreitens Zuversichtlichkeit und Glorie zum Zuge kommen, derweil du namenloses Glück verspürst im Ahnen Meiner Näh. Das ist nun die Verheissung wundervoller Herzenszeiten, die von Mir ergeht an alle, die da hören und gewinnen können in des Seins Bedeutsamkeit und Stil. Wie reich du bist im Anerkennen Meiner Güte, Kraft und Unerschrockenheit in dir.

Nun mach Ich fest im Hafen Meiner Heimat und verleihe Mir das Hochgefühl der Ankunft bei Mir selber in den Sphären reiner Ruh, wie in der Seligkeit des Weilens, friedevoll und heiter, unbeschwert und dankbar vor Mich hin.

6.13

Ich schaue und Es schaut Mich an, als Sein von Seinesgleichen auf erhabner Sternenbahn. Wie anders kann sich das erklären, als dass alles, was da existiert, dasselbe Wesen ist im Glanz der eigenen Natur, von einer sich entfaltenden gewaltigen Idee dahingetragen.

Wer würde nicht mit Wonne am Gedanken sich erwärmen, dass er alles, was ihn als die Welt umgibt zur selben Zeit auch in sich trägt in einer Schau von überirdischem Bedeuten. So heisst es dann, was immer Ich verhandle, ist im Weltensinn getan und was Ich auch verschandle, trifft Mich selbst im ungeheuren Bogen des allweltlichen Gewahrens.

Du magst dich noch so klein und unbedeutend dünken, deine in dir lauernden und dauernden, dem Sein verwandten Kräfte sind mit Brachialgewalt geladen, die alles, was sie will, verändern kann in unerhörten Massen. Du brauchst nur felsenfest von dem, was du gestalten möchtest, überzeugt zu sein und schon beginnen insgeheim die schicksalbildenden Begleiter und Bereiter deines Lebens aus deinen wispernden Gedanken Wirklichkeit zu weben. Hast du dieses einmal eingesehn, so wirst du künftig immer wieder nach demselben wunderbar geschniegelten Prinzip verfahren, das dich fähig macht, ein Grosser unter Grossen, ein Beflügelter im Reich der Adlergleichen und als Herr der Ringe und erhabnen Lebensdinge da zu sein in überragender Manier.

Hilf dir selbst, so hilft dir Gott, will das besagen und solchen Sprüchen gilt es auf den Grund zu gehn, um wahren Nutzen daraus abzuziehn.

6.14
Inspirator deiner selbst sollst du Mir werden, indem Ich dich mit wunderbarer Phantasie begabe, die nun aufwirft, was gefällt und fabelhafte Schlüsse zieht, die andre nicht zu ziehn vermögen. Du fängst als Lehrling recht bescheiden an und mauserst dich in Jahren zähen Ringens um Vollkommenheit zum Meister still heran, in der von dir gewählten Disziplin. Für lange Zeit gewahrst du nicht, dass ausser deinem Intellekt und Wesen noch ein anderes am Werk ist aus der Hierarchie der grossen Geister, die dich und alle Welt mit ihrem Fluidum durchstossen. Allmählich wirst du inne, wie sie deine wunderbaren Helfer sind und lässest ihren

Einfluss mehr und mehr sich bis zur absoluten Dominanz erheben. Du schweigst, derweil die Engel in dir reden. Du lächelst ihnen Dankbarkeit und Liebe zu, derweil sie deinem Herzenswunsch entgegenkommen nach dem prägnanten Ausdruck deines Weltbilds, so wie's deine Augen und Empfindungen erleben.

Hinter allem aber steht und amtet das erhabne Welten-Ich, das jedes noch so schüttere Geschehn in eins zusammenfasst, als in die allerwürdigsten Gedanken, die da sind und unaufhörlich ihren Sinn beschreiben.

O herrje, musst du dir plötzlich sagen, dann Bin Ich ja vollends dem Absoluten und Urewigen verfallen, das da wirkt und nestelt, zirkuliert und brandmarkt überall, wo Wesen sind und wo sie ihre Künste in den Alltag treiben. Lass dir's wohlgefallen, sage Ich und trag dein Scherflein zu dem Ganzen, sei es blumig oder schlicht gehalten, geschmackvoll oder recht pompös in seinen vielgestaltigen Dimensionen. Was Anspruch auf Vollkommenheit erhebt, muss immer von Mir kommen, der Ich Bin und der den schärfsten Willen, wie die allerzartste Trautheit hat erfunden. Mich kennt keiner, der nicht fähig ist, sich vollends an Mein Sein und Seligsein dahinzugeben, so dass Ich befehlen und behüten, besänftigen und trösten kann, wo immer Hilfe nötig ist in allen Welt- und Himmelsregionen. Traust du Mir, so traust du dir das Allerhöchste zu und allsogleich will Ich dich mit dem Höchsten auch begaben. Das hinwiederum befreit dich schlank und rank von allen Nöten und erlaubt es dir, Gottseligkeit und gloriose Einfalt zu erreichen.

Da sag Ich dir, du Bist und darfst es tausendmal am Tage wiederholen. Rette dich in Mein Befinden und erfinde dich in Mir, damit das Wonnesein des Ewigen dich leis durchwogt und die besten Trümpfe allen Seins und Wirkens dir und deiner Welt gehören.

6.15

So viel ist immer noch so wenig, je nachdem, wo du den Ansatz machst in deiner Denkphilosophie. Doch Mir allein ist es gegeben, alles zu umfassen im Bewusstsein Meiner Einzigartigkeit als Sein und Sinn und Weltenleben. Erforsche Mein System, wo du immer dir Gewissheit schaffen willst über die Präsenz und Wirksamkeit, Gerissenheit und Anmut Meiner Züge und niemals wirst du eine Lücke finden weit und breit und hoch und tief in allen Buchten und Verästelungen Meiner selbst im kosmischen Geschehn.

So ist es dir vergönnt, in jedem Augenblick ein „Gott bewahre" in das All hinauszurufen und du kannst gewiss sein, dass Ich dich erhöre jederzeit und unfehlbar in deinen Ambitionen und Gepflogenheiten, Widrigkeiten, Stürzen und Erhebungen zumal. Nicht minder Bin Ich so in dir vorhanden, wie in jedem andern Muster Meines schöpferischen Flairs und Sagens, universenweit gesehn. Nun gilt es für dich, das Bewusstsein von dir selbst dem Meinen anzugleichen in der Sicht auf was du Bist, als Sein vom Sein in unveräusserlicher Qualität und Rüstigkeit, Erhabenheit und Harmonie des tätigen Dich-selbst-Verwaltens. Da bist du denn kein Möchtegern und Habenichts, doch eine Quelle geistesgöttlichen Befindens und ein Ausbund der Gerechtigkeit am Sein und seiner Fülle, seines Wohlklangs und der unerschütterlichen Grazie und Seligkeit, die es allüberall gewährt.

6.16

Ein Trotzdem soll dich auf der Spur der sicheren Gewinste halten, Meinem Angebot der Gottesminne und der Seinsverklärung zu. Alles, was von oben kommt, soll von dir reinen Herzens und Gewissens tatenfroh empfangen werden, der innigen Verbindung wegen, die Ich mit dir pflegen will.

Alles Echte und Gewissenhafte ist ein Geistesabenteuer ersten Ranges, das du zu begehen und bestehen hast in Meinem Sinne und auf Meinen herzergreifenden Befehl. Es ist die Kunst zu sein, die Ich voll Inbrunst, Unerschrockenheit und Lebensliebe mit dir teilen will, inmitten deiner täglichen Erschütterungen, Ängste, Zweifelhaftigkeiten und verwirrenden Begierden. Dabei kann nur Mein Einfluss und Salut dich froh und heiter machen, generös und dankbar, Meiner Güte und Gelassenheit entgegen. Was dir frommt, soll sich mit deinem Frommsein kreuzen in der Vielfalt der Empfindungen und Gottesgaben, die da strömen her und hin im himmlischen Verkehr.

Weide dich an dem, was Ich dir offnen Sinns verleihen kann und fordre nichts, was dir nicht zusteht nach der Herzensbildung und Vernünftigkeit, die du dir anerzogen hast in zähen Gladiatorenspielen. Schlussendlich soll auch dir das Wunderbare und Gediegene geschehn, dass deine Seele sich in Meiner Anmut, Grazie und Verklärung findet, die Mein Alles sind und Meines Seins entzückendes Revier. Entzünde dich am Lichten, das Ich dir gewähr und flamme auf am Feuer der Begeisterung, aus dem Ich Meine Pläne und Verbindlichkeiten zieh.

Dann geh hin in die Erhabenheit und Benedeiung Meines Friedens, Meiner Liebeskraft und Güte im Allhier und sei im Innersten getrost, weil alles, was dir so geschieht, auch Mein Geschehens Anhang ist und Meiner Seinsbeständigkeit Bravour.

6.17

Nonchalance, vollendete Beschaulichkeit in absoluter Seelenruh sind Meines Seiens Attribute, wie Ich staunend, wonnevoll und lächelnd seh. Es ist die Liebenswürdigkeit der Sphären, die Mein Losgelöstsein friedevoll durchzieht in einer Schlichtheit und Bewusstheit ohnegleichen. Ich umfange das Allweltliche mit der Gebärde reinen Lichtverstrahlens und ersinne Mir das Soll und Wenn und Aber, dem es zugehören muss, in eigner Kompetenz und eigenständigem Wagen.

Das ist nun das Prinzip des götterherrlichen Agierens, dass es gedankenschwere Wirklichkeiten aus seinem Machtbereich entlässt, um ihnen Freiheit, Amusement und Eigenwillen zu gewähren.

6.18

Nicht Mich, sondern den, der Mich gesandt hat, sollst du ehren. Ein weises Wort aus Herzenstiefen, ein Hinweis auf das Sein, in dem die Wesen alle sind und leben. Was hast du vor, geliebter Tor, will Ich dich gütlich fragen? Ich sende Mich geflissentlich hinab ins Weltentagen; was immer ist, wird von dem Christ gewiss dahingetragen. Nun sammle dich recht königlich in deinem Menschenhausen und weise vor, was Ich beschwor mit himmelweitem Brausen.

Was kann erhabener und nützlicher, effizienter und belastungsfähiger sein, als was Ich in den Meinen impulsiere.

6.19

Von dannen wird er kommen, Tote und Lebendige zu richten, heisst nun richtig abgelesen: Du wirst, dich erkennend, unbestechlich und kulant dein eigner Richter sein und wirst jeder deiner Taten unbedingte Heilkraft folgen lassen über Generationen deines Welterscheinens hin.

Dein Richtertum bezieht sich auf die Ungeborenheit und die Unsterblichkeit des Menschengötterwesens, das du Bist und das Ich Bin in unveräusserlicher Übereinkunft mit demselben Sein, das beide in sich tragen.

Was aus dem Sein hinausgeht, muss allsogleich das Mal der Unvollkommenheit und Geistesschwäche an sich tragen. An diesen Mängeln Selbstbewusstsein zu entfalten, ist ihm schicksalsmässig aufgegeben. Sehnsucht nach dem Sein ersteht und so zeig Ich dir Wege, Mich zu finden und darin die wunderbare Heimkehr ins Allewige zu vollziehn.

6.20

Ein Weltgewitter Bin Ich, wenn die führenden Gemüter sich nimmermehr verstehen wollen. Manipulierte Völker stossen sich die Köpfe blutig und das ahrimanisch Modulierte triumphiert, das lebt sich aus und unter hunderttausend Schmerzen, die Ich miterleide, bis die Wut und Kraft versiegt ist und neue Einsicht, neuer Lebenswille kann erstehn.

Da Bin Ich Mir der Zeuge jener Geisteskräfte, die das Gute wollen und die Einsicht in sich tragen von der Einheit aller Menschenwesen in des Seins Verbindlichkeit, Rechtschaffenheit und waltenden Bravour. Es ist in vielen Millionen, wie in dir, das Seinsgewissen der Allherrlichkeit vonnöten, um der ahrimanischen Versuchung effektiv zu widersagen.

Nach wie vor Bin Ich der Inbegriff von überragender Kultur und Wohlgefälligkeit am Sein, in
dem Ich völlig unbescholten, liebevoll und majestätisch wese. Ich Bin und daran gibt es nichts zu
rütteln und bekritteln, wegzureissen und ins
Niederträchtige zu vertun. Alles noch so Weit-
gedehnte ist in Mich und Meinen Vatersinn gebettet.
Sieh du zu, dass dich dasselbe Feingefühl wie Mich
beseelt und dass du keiner Seele etwas antust, weil
du damit immer Mich besudelst und verhöhnst. Sei
dir Zeuge Meiner Gunst und Zuverlässigkeit und
bleibe rein im Reinen, das Ich insgesamt für Mich
gepachtet habe. Dränge dich nicht vor, damit du
deine Unschuld auf der Gasse nicht verlierst.
Handle nur auf Meinen inneren Befehl und deine
Meisterschaft wird nie versiegen.

Was ist wahrer Realismus, wenn nicht der, der
sich an Mir orientiert und Meiner Wachheit Gabe als
die Seine akzeptiert als Meisterstück in seinem
Lebensgarten. So komm denn, wenn du Mir noch
traust und unterzieh dich Meiner Genialität im
Pläneschmieden, Lösungen vermitteln und Alle-
Hebel-in-Bewegung-Setzen, um jeden Aufwall
gütlich zu bestehn. Indes dein Sein sollst du Mir
nimmer aus dem Augenmerk verlieren, denn in ihm
erlebst du dich in unerschütterlicher Ruh und
seelenseligem Frieden. Alle Herrlichkeit des
Himmels strömt dir zu aus seinen Gründen und die
lichte Wahrheit ist sein Markenzeichen und Idol.
Erfahre in ihm die Vertrautheit mit dem Übersinnlichen in deinen Tagen. Weise dich Mir zu und
erweise dir die Wohltat des Erkennens Meiner Fülle
und Erhabenheit, die auch die Deine ist von
Anbeginn, wie dein Frohlockens Ursach und
Gewähr in ewigem Genügen.

6.21

Wer bietet mehr in jeder noch so hoch riskanten Wette als Ich selber, wenn Ich Mein Ich Bin ins Universum setze und dabei Mein ganzes Renommee riskiere vor den blitzgescheiten Wesen, die Ich eifrig Mir erschuf.

Würdest du dein Sein für irgendetwas auf die hohe Kante legen, trotzdem du wüsstest, was es dir bedeutet in der Tage Fluss und Spiel? Und weil du es nicht kennst, verspielst du es an tausend Weltendinge, die dir nützlich oder gar noch unnütz scheinen. Überleg dir doch, in welche Lebenslotterie du so geraten bist und wie viel Ärger du dir antust und Gefahren?

Wende, wende deinen Sinn dem Sein und damit Mir entgegen, eh es wohl zu spät ist, vor Meinem Strahlenantlitz zu erscheinen und dein Wesen mit dem Meinen zu vereinen auf der Lebensliebe makelloser Spur.

Nichts soll deine Freude an Mir trüben. Wie ein würdiger Bräutigam sollst du vor Meinen Reizen stehn und hingerissen sein von Meiner Schöne. Denn was Ich dir an güteströmendem Entzücken biete, lässt sich nie ermessen und was du an Mir gewinnst, wiegt hundertfältig alles so Banale auf, das du verlieren könntest in der Daseinsakribie. Folge Meinem Ruf und du bist für das Ewige genesen; mach dich auf und sei und alle deine Nöte sind mit Harmonie, Glückseligkeit und Grazie des Himmels aufgewogen.

6.22

Zum Pächter Meiner Gottesgüter sollst du dich ernennen auf der grandiosen Erdenfahrt, die dir von Mir beschieden. Wem läufst du hinterher, dring Ich in dein Gewissen? Kann es denn sein, dass dich die höchsten Dinge nicht am allermeisten interessieren? Meine Stimme spricht dich innen an und offenbart dir eine Geisteswelt von überird'scher Schöne. Was dir vordem getrennt erschien, erkennst du nun als Eines hier und dort, darüber und darunter, als das grosse Allumfangen, das Ich Bin und dem der Ruhm gehört des Seins in allen Wirklichkeiten, die da sind und sind das überragende Genügen.

Vehement und siegessicher rausche Ich durch alle Sphären Meiner Innovation und Wesenhaftigkeit und berücke und beglücke Mich dezent und liebesfroh in ihnen. Sowie du Mich in dir erkannt hast, darfst du dich Verkünder einer Botschaft der Allherrlichkeit und Liebelichtheit nennen, der in jeder Seele Trautheit zeugt mit dem Allewigen und warmes, würdiges Begreifen übersinnlicher Gegebenheiten. Eine heile Welt ersteht vor deinen Seelenaugen und hüllt dich ein in ihren Schutz, ihr Licht, in ihre Seligkeit und ihren Segen.

6.23
Das Ebenmass von Zeit und Ewigkeit zu finden, ist dein lebelanges Ziel. Ich unterweise dich im Suchen, edelmütige Seele, damit du niemals in die Irre gehst in deinem unablässigen und eifrigen Mir-Entgegenschreiten. Unbeschadet durch Verlockungen und Herzensstürme sollst du gehn in Meiner Observation und mit der Billigung von Meiner Seite, die kein Jota einer Unbotmässigkeit bestehen lässt in deiner Auserlesenheit zum Lichte reinen Seins in Meinen Gründen.

So Bin Ich dir Gewähr dafür, dass du dem Allerhöchsten immer näher kommen magst in deiner Schau der inneren Gerechtigkeit von Welt und Leben, dem Gleichmass deiner Taten und der

Zuversichtlichkeit, die dich beseelen soll, in nie gebrochnen Zügen. Du Bist und gehst in Mir dem Inbegriff der Seinsgeborgenheit entgegen, hinter der Ich steh und die im steten und rasanten Wandel der Gezeiten das unendlich Ruhevolle bietet, das verbrauchte Kräfte wieder stählt, Verletzungen verheilt und ein dezentes Wohlgefühl verbreitet, wo du gehst und stehst in Meines Daseins sonnenhellem Strahlen.

Meine Wucht von Tatendrang und Überwinden, Seelensicherheit und liebevollem Miteinandergehn soll deines Lebens Part und Wonne sein zu allen Zeiten und Begebenheiten deiner Niederkunft im strömenden Allhier. Da kann Ich lang umhergehn mit des Geistessuchens leuchtendem Begehr. Ich finde keinen, der dir gleich ist in des Denkens Universum und Gefühl. Es ist dein Sosein, ein unendlich preziöses Unikat, dem Menschen, Götter und Geliebte der Allherrlichkeit gebührend Sorge tragen, dass es nicht beschädigt wird in seinem Streben, Beben und Dem-Glück-Entgegeneilen.

Deine Bindung an Mich soll vollkommen frei und lauter, liebevoll und herzergreifend sein im Sinn der Treue und Vertrautheit, die sich sonst nur Bräutliche entgegenbringen. Im Grund genommen hast du keine andre Wahl, denn ohne diese kannst du niemals restlos glücklich und erhaben sein in deines Lebens Sinngedicht und Poesie, Beharrlichkeit und Güte, die von deiner wahren Menschlichkeit erzählen.

Hülle dich nun ganz in Meines Seinsumfangens Generosität und Willkür, Pracht und Stärke ein, um eine nie gekannte Seligkeit und Harmonie des Herzens zu erleben. Sei und sichte nichts geringeres, als Mich in deinem Dich-Begründen, der Ich deines Daseins Ein und Alles Bin, dein süsser Widerpart und deines Aufstiegs Leiter von unübertrefflicher Getragenheit und Grazie am Schicksal, das du äonenlang in Mir erfährst. Des Seins Geliebter sollst du sein und bleiben, sollst mit ihm begeistert und getröstet durch dein Eignes gehn in Erd- und Himmelsregionen, wach und heiter, traulich, dankbar, überglücklich und final.

6.24

Ich weise darauf hin, dass Ich in Meiner Geistwelt existiere und Mir selbst hofiere in erstaunlicher Präsenz und mit dem Siegel der Allmächtigkeit versehen. Und es fehlt Mir nichts und eben dir wird auch nichts fehlen, wenn du Meinen Pfad betrittst und dich von Mir erbauen lässest, als in einer Quadratur des Kreises ohnegleichen. Ich wette, dass es für dich Sinn macht, täglich, stündlich im Unendlichen zu wühlen, das Ich Bin und das dir beibringt, deines Seins Gewicht und Grazie, Gediegenheit und Metaphysik laufend in Erwägung und Beschaulichkeit zu ziehn.

Wenn du nur willst, kann Ich dir aller Himmels-kräfte Beistand und Gewissenhaftigkeit vermitteln, die da sind und ihren reinen Märchentanz um dich vollführen. Du glaubst ja nicht, wie nah sie dir schon immer waren und wieviel an Nutzen sie dir bringen, wenn du ihnen herzliches Vertrauen schenkst und damit eine feingefühlte Brücke schlägst vom Hier zum Dort, vom Illusorischen zum Wirklichen in Sphären der Holdseligkeit am Weltenwerk, das in Mir keimt und wächst und sich bis ins Unendliche verflutet.

Was alles kann Ich dir vermitteln, wenn du reinen Denkens und Gefühls zu deinem Weltbild Meines dir eröffnest und darin das Wesentliche, Über-ragende und Heiligmachende erkennst, das dir zu deinem Glück und zur Vollendung eben noch gefehlt hat.

Sieh, wie Ich dir traue in der Freiheit des Entscheidens, die Ich in dein Besinnen lege und begreife, welcher Wehmut Ich dann fähig Bin, wenn du zum Seichten und Banalen, Kleinbürgerlichen und Verkehrten hin tendierst, statt Meiner Glorie Gewicht und Meine unerschöpfliche Potenz zuinnerst zu gewahren, um dann unter ihrem Einfluss und Bedeuten froh und sicher durch die Lebenszeit zu gehn.

6.25

Erweiterung in alle Winde bau Ich in Mein Tun und erheb es zum Gesetz des Blühens, Wachsens und Vergehns. Was steht nun an, dass Ich es zur Vollendung führe in der Lichtheit Meiner Himmel, ebenso wie auf dem dämmerhaften Erdenplan. Es ist, dass sich die Menschenwesen dort gehörig ihrer selbst bewusst und sichtig werden sollen, Meinem Drang gemäss, aus Fülle neue Fülle und aus Vollbewusstheit neues Selbstbewusstsein zu gebären.

Nun ist die Weltenstunde da, wo du erfahren und bewirken kannst, was Ich so meine. Wohl steht es dir an, dein Sinnen ins Umfassende zu legen, anstatt dich eigenbrötlerisch in dir und deinen Flausen zu verschliessen. Ich habe es gewollt und auch getan, sollst du dir sagen können, beim Hinübergang in eine neue Dimension und Zukunft deines Existierens. Kraft für den Aufstieg, brüderliche Hilfe und den Wohllaut reiner Herzens- liebe weih Ich dir, damit du nie verzagst und deine Gründe Meine werden in dem Lebensrätsel, dem du sinnend gegenüberstehst.

Das ist nun alles, was in dieser Zeit an Allgewichtigem in deinem Sein geschehen soll, will Ich dir hiermit sagen und so wahr Ich Bin, soll es dich unbeschwert und glücklich, liebevoll und dankbar machen in der Wohlgeborgenheit und Wirkkraft deines Lebens. Leiste dir's, die Wonne der Allherrlichkeit und Süsse Meines Himmels zu erleben und behaupte dich im Sein, als Held und Heiliger in wunderbar gesättigtem Bewähren.

6.26

Metamorphose steht in Meinem Tagebuch und Seinskonzept zuhauf besonders dick geschrieben. Damit wecke Ich den Willen, aus der Lethargie des Alltags zu erwachen und, Mein Sein betrachtend, zu erkennen, welche Kräfte des Verwandelns und Verhandelns, der Erbauung und Beförderung Mir frischen Mutes zur Verfügung stehn. Ich knüpfe mit Begeisterung an alles schon erreichte an und schaffe neue Werte, um den Nimbus Meiner selbst von Fall zu Fall beträchtlich zu erhöhen.

Ich kann dir Kunde geben von Erfolgen, die sich strahlend, wie der Sonnenball am Horizont, in Meinen Weltentagen zum Zenite ziehn. Ein gewaltig Abenteuer hab Ich Mir, zu leisten, aufgegeben, das sich durch Äonen unerschütterlichen Schaffens zieht und das die Myriaden kluger Geister dazu motiviert, ihr Allerbestes herzugeben. Reihe du dich ein in die Gemeinschaft der Erwählten, die, mit besonderem Genie bedacht, die Lebensdinge vorwärtstreiben. Ich achte Meiner, als der schon immer unfehlbar Gewesene, der allen Möchtegernen eine Mahnung ist, sich nicht für allzu gut zu halten, ohne zu bedenken, dass Ich stets das Gute bin in ihnen, ohne Mich nach ihrem Rang und Namen umzusehn.

Was trifft dich denn zutiefst in deiner Seele seligem Gemach? Die zierliche Empfindlichkeit, die alles übertreibt, was ihr geschieht und die dich schädigt, wenn du ihr nicht unentwegt Paroli bietest in der Drift und Überlegtheit deiner Tage. Trau, schau wem und trau dir nicht zuviel, indem du dich auf Dinge einlässt, die dir mitnichten zugehören. Ich habe sie für gut befunden, dich zu prüfen auf Konstanz und Kraft des Überlegens, Feinfühligkeit und wunderbar gesittetes Benehmen. Es geht nicht an, dass du beständig ausbrichst aus der Bahn der Tugend, die Ich dir wohlgesinnt und weise, mütterlich und liebvoll vorgegeben. Eine Woge warmen Mitgefühls hüllt dich beständig von Mir ein und hilft dir, deine Sache gut zu machen und an Edelmütigkeit und Resolutheit, Spannkraft, Systematik und Entschiedenheit das Soll der Meisterschaft gezielt und gänzlich zu erreichen.

Zu guter Letzt empfindest du Entzücken an den Volten deiner Bahn und darfst dich redlichen Gewissens nach der Abenddämmerung zur milden Ruh begeben. Ruhe des Gerechtseins an der Welt hüllt dich dann ein und lässt dich vor dir selber seinsglückselig und gelassen, lächelnden Gemüts und friedvoll in die Harmonien himmlischer Gelöstheit gleiten.

6.27
Ich übertreibe nicht, wenn Ich dein Sein als gotteslichten Wirbel und als Quintessenz der Weisheit und Gerechtigkeit bezeichne, als in Mir begründet und von Mir verliehen, heilig, zukunftsträchtig, lieb und sonnenklar. Nur zu wecken brauchst du, was noch in dir schlummert und der Auferstehung harrt ins strahlende Bewusstsein deiner selbst, als gottbegnadeter und sinnbegabter

Ausbund wahren Lebens und als Manifest der Güte einer wunderbaren Geistwelt über dir. Ich zögere nicht, das so Erkannte Meinen höchsten Schätzen zuzuordnen und zu wissen, dass sie auch für dich von schicksalsträchtigem Bedeuten sind auf deiner Wanderung zum himmlischen Genügen.

So wie der Horcher an der Wand, vernimm in deinem Innesein, was Ich dir liebevoll und friedevoll besage. Als Tröster und Erwecker, Herr und Knecht, als drängender und zarter Rufer tret Ich in dir auf und überzeuge dich vom Wert des Daseins und von seinem unerschütterlichen Glanz im Universenweltgefüge.

Begeistert trage Ich dich ein ins Buch der Avancierten und gehörig Durchgeschüttelten, die nun an Meiner Stelle die Geschicke vieler mit dem Licht der Wahrheit überstreichen und in ihrem Sein das Ordentliche, Gottgefällige und Liebenswerte impulsieren.

Was nun dich betrifft, will Ich in dir die Hoffnung nähren, dass du an ein Ziel gelangst von überwältigender Schöne, wenn du nur willst Erfahrung sammeln auf dem Geistgebiet, das Ich mit solcher Vehemenz vertrete und versuche, dir plausibel, gängig und erstrebenswert zu machen in der Liturgie und Lichterfülltheit deiner Lebenstage.

6.28
Durch und durch mit Mir verbunden sind die Wesen überirdischer Gerechtigkeit, die, Meinen Willen in sich spürend, ihre Kraft ins Universensein versprühn. Was sie im Sternenall zu leisten haben, ist im Erdenrund in deiner Hände Werk gegeben, wo es sein soll, Sinn zu Sinn und Menschensein zu Göttersein zu fügen. Was du immer hier verrichtest, soll im Bewusstsein deines Wirkens in Verbindung

mit den Himmlischen geschehn. Was du immer darstellst, sei ein Beitrag zum Gelingen eines Weltenplans von götterherrlichem Verfügen. Ich will ist als ein ehernes Symbol der Tatkraft würdevoll auf deine Stirn geschrieben und besiegelt so das Bündnis zwischen dir und Mir - der Einigkeit bis in die letzten Fasern deines Seins mit Meinem, womit dir alles zusteht, was Ich in allherrlicher Fülle in Mir habe.

Sprichst du von Zügen, sind es immer nur die Meinen, die allüberall im Wirklichen erscheinen. Siehst du dir etwas Weltliches von aussen an, Bin Ich der Meister, der es innen unsichtbar und geistvoll stützt und formt und trägt und ihm Gestalt verleiht in minikrimen oder in gigantischen Dimensionen.

Indem du dich von Tag zu Tag veredelst, adelst du Mein Werk und singst in wunderbar ergreifend stilisierten Tönen Meines Daseins Lob und Meiner Schönheit Würde, die in allem in sich ruht und dem Bewundern offensteht in allen königlichen Regionen Meiner Dienstbarkeit am Sein und Werden.

So tragen sich die Dinge, die du mehren, hüten, lieben und verehren kannst, dir an und beglücken und bereichern unaufhörlich, was du dir geworden bist in deinen Gauen. All so sollst du innigen Herzensdank empfinden für das Unerhörte, dem du in Mir einverwoben bist und das dem Ewigen entspringt, von dem die Sternenwelten, glückverheissend und ihr süsses Licht vergleissend, unablässig Kunde geben. Weide dich an dem, was ist und lege deinem Sein die Würde zu, die ihm gebührt in Meiner Pracht und Herrlichkeit, Geduld und Minne in Äonenzeiten göttlichen Verfügens.

6.29

Katapult der Hoffnung auf ein Sein in nie versiegend juveniler Geistmanier. Hier ist es getan und hier pulsiert das Herz der Welt in wunderbar gesitteten und wohlgestimmten Meisterzügen. Der Herr der Heimat ist gefunden, die Perspektive des Ich Bin ist vor Mir aufgetan und leise, leise rieselt glitzernde Glückseligkeit durch Meines Seins erhabenes Befinden. Wärme und Verbindlichkeit bestimmen, was Ich Mir bedeute; Seins- und Weltumfangen sind Mir eins in einer wohlerwogenen Synthese von Beschaulichkeit und Aktion, Ergriffenheit und seins-glückseliger Gelöstheit, wonnevoll und wahr.

Was in Mir aufblüht, ist die Liebenswürdigkeit der Sterne in der himmlischen Galanterie, mit der sie sich durch Meine Räumlichkeit bewegen.

6.30

Meisterwerke sind allüberall ein Zeichen Meines überragenden Genies im Pläneschmieden, sowie eine Menschenwelt umkreisen und mit liebevollem Einfluss zu begaben, dass daraus das Wunderbare sich entfaltet, kraftvoll, seelenselig, solitär. Wie bist du doch bescheiden, wenn es darum geht Mein Wort und Meinen Willen anzurufen, um deinem Künstlertum die Krone aufzusetzen in der gottes-würdigen Partie.

Nun solltest du beileibe wissen, dass nur Ich Regie und Ratschluss von wahrhaftigem Bedeuten ins Gewissen der versammelten Gemeinde trage. Klopft sie hoffnungsvoll, andächtig und entschieden bei Mir an, kann Ich die Schleusen vor der See von Gutheit öffnen, die Mir innewohnt und den Segen fahren lassen, der die Menschen nährt und schmückt und ihr Bewusstsein läutert auf Mein herzliches Willkommen hin.

Ich sage "gross" und eine hochbrisante Sache wird in Stellung und Betrieb gefahren. Ich lasse einen Hauch von Liebenswürdigkeit und Zartheit in ein offenes Gemüte gleiten und es blüht und duftet, lächelt und bewegt sich voll Entzücken Mir entgegen. Fühle, dass Ich unablässig, geistvoll und gewandt in allen Sphären, Lebensreichen und agilen Wesen gegenwärtig Bin als das, was ist und was bewegt und mit dir glutet auf der Bahn der hochgebenedeiten Grazie am Sein und Sinn von Gottes Virulenz und Gnaden. So mach Ich alles neu und lasse dich den Grund erkennen aller Dinge Meiner Gegenwart allhier.

Du schweigst in Ehrfurcht und Ergriffenheit, derweil dich Meine Stimme in dir leis berührt und dich in Seligkeit versetzt des Absoluten, das du Bist und von dem Ich in dir zart und liebevoll und heiter unablässig Kunde gebe.

6.31

Was boomt, hat keinen Platz in Meiner Philosophie des stillen Wachsens, wie des harrenden Geduldigseins am grandiosen Werk, dem Ich Gehalt und Witz und Würde, Charme und Lebenslust verleihe. Gar nichts, was zu Besorgnis Anlass gäbe, lässt sich finden in der reizenden Beweglichkeit, mit der Ich himmelhoch und abgrundstief in Meinem Sein agiere. Komplizen brauch Ich keine, weil alle Dinge Meiner Gunst und Kunst vor Meinem eignen Schauen liegen und Ich die Fäden vehementer Wirksamkeit getrost in eignen Händen halte in des Seins allüberall beglaubigten und unerschütterlichen Sphären.

Was in Mir waltet und verbindlich und verbrieft zu allergrösster Hoffnung Anlass bietet, ist die unerschöpflich reine Fülle, die beständig aus Mir spriesst und sich in seelenvollen Wirklichkeiten niederlässt zu wunderbar gesegnetem Gedeihen.

Arm in Arm im Geist mit dir durchwalle Ich die Zeiten und bewege fürstlich und final, was zu bewegen ist am Firmament der Zukunftsträchtigkeit in Meiner Akribie des Seinsgestaltens und der Lebenstüchtigkeit der Dinge, die Ich Mir erschuf.

Nun heisst es, das Gelingen zu besingen mit der Geisterchöre zauberhafter Melodie. Ewig liebevoll und heiter klingt ihr Lied an jeder Stätte Meines medialen Wirklichkeitsempfindens.

Ich trete auf, wie einer, der da weiss und wissend jede seinsvibrierende Nuance weiterspinnt dem Sinngehalt gemäss, den Ich ihr treu und traulich mitgegeben. So überlasse Ich Mein Werk sich selbst und lasse es doch nimmer von Mir fahren. Bin Ich doch in ihm das seiende und selbstbewusste, alabasterreine und beglückende Agens der universenweit entsendeten Geschichtlichkeit der Wesen Meines Anstands und Kalküls.

Ich teile Mich und bleibe doch das Ganze. Ich liebe und Bin zugleich der geliebte Gegenstand der Herzenswonne, die Ich Mir darob bereite. Du, sag Ich, mach es ebenso, es gibt kein Oben, das nicht Unten gleichen Sinns und Manifests auch wäre. Alles ist in Mich gebettet und von Mir geschönt und vorgeführt, dass es Gefallen finde und sich endlich doch behaupte in der graziösen Art, in der sich alle Meine Schöpfungen im All vertun. Ich weite aus und inspiriere und beglücke, wie Ich immer kann und lasse alle Welt in wunderbar gesitteten Empfindungen und Höhwärts-Windungen sich selbst erleben.

6.32

X-mal hab Ich dir gesagt, du solltest die Gedanken hüten in der Früh und dabei Meinen offen sein in deines Herzens Wohlgefühl und Leben. Was Ich dir so besage, hat den Sinn, dich ins Bewusstsein Meiner Gegenwart zu führen, die als tonangebende Instanz allüberall das Feld beherrscht der Menschen-, wie der Göttertaten. Es ist nicht ratsam, gegen diese Macht mit Ignoranz, Rebellion, Spott oder Ängsten anzutreten, denn, was auf unerschütterliche Weise in dir selber dominiert, muss unbedingt beachtet und aufs Innigste beglaubigt werden.

Im Grunde kann dich nur ein Übel treffen, nämlich, dass des Tages überbordendes Geschehn dich gänzlich für sich einnimmt und dich nimmer zur Besinnung kommen lässt auf was du Bist in Meiner Gründlichkeit und Meinem liebevollen Welterheben. Damit gehst du unbedacht an Mir vorüber und verlierst den Faden, der zu Meinem Sanktuarium und damit zu der Herzenswonne führt, die in der Beschaulichkeit des Ewigen ihr Ideal, Motiv und Grundprinzip erkennt, zu immerwährendem Genügen.

7

Vor dem All der leuchtenden Gestirne

7.1

Vor dem All der leuchtenden Gestirne sollst du allergrösste Ehrfurcht in dir tragen, weil sie ehmals geisterfüllte Götterwohnungen und damit Seinsrefugien von höchster Schönheit waren. Was wird nun für dich des Seins Sensorium in wunderbarem Einklang mit der göttlichen Natur? Dass Ich dich überall mit Meiner Gegenwart bediene und dass du des Allgegenwärtigseins gewärtig wirst in deinem Seinsgesunden. Es ist dein grosser Tag, wenn deine Ahnung sich erfüllt auf das Erkennen des Unendlichen, das in dir west und dein Bewusstsein öffnet für die Muttersorglichkeit, mit der Ich dich voll Sanftmut und Beharrlichkeit zu Mir erhebe. Du lässest alle deine Leinen los und fühlst dich von Mir in die Weiten wahrer Wirklichkeit gezogen. Diese aber leuchtet auf, wo alles andere verblasst und strahlt dir Heldenmut, Gefälligkeit, Erhabenheit und Herzensglück entgegen. Wie warst du doch benommen, jetzo bist du frei; wie vieles war dir fremd, nun bist du in dein Eigenes gekommen und liebkosest jedes Ding mit wunderbar gesättigten Gedanken und mit dem Gefühl der Ebenmässigkeit in deinem Dich-Begründen. Das ist nun des Elysiums Erfahren und Gewähr, von dem du Sicherheit des Ewigen gewinnst und allen Hierseins Tugend durch die wunderbaren Geisteskräfte, die dich tief beglücken und beseelen.

7.2

Diesmal klappt's mit der geheimnisvoll geschwisterlichen Übertragung der Gedanken vom Dort zum Hier, von Dir, dem Wesen der Unendlichkeit, zu Mir im weltlichen Geläufe und Betriebe. Ich versetze Mich an Deine Stelle hocherhabner Kamerad und Bin, wie du, des Seins poetisierendes Gebilde, auferstanden und sich selbst bekannt in einer wunderbar befriedigenden Geistkultur.

Wie heisst es doch in altehrwürdigen Schriften, ebenso wie in den allerjüngsten, dass das gottgesegnete, allweite Ich der Welten jedem Menschenwesen innewohnt zu freiem seinslebendigem Verfügen. Erkenne denn, wie unerhört beweglich und potent Ich in dir walte und den Weltensiegeslauf gestalte, als dein Mentor und Sibyll, dein Ahne ebenso, wie das bewundernswerte Ahnen, das du von Mir hast in deinen Seelengründen.

7.3

Was für ein Ziel ist Mir vors Seelenlicht gegeben, wo doch erreicht ist, was Ich meine, dass Ich Bin und, Meines Seins bewusst, auch bleibe. Eine Sache der Substanz ist das; da seh Ich aus ihr Meines Willens Kraft und Glorie erspriessen, um aus der Meisterschaft der trefflichen Gedanken hoch Gesegnetes hervorzubringen. So kommt es, dass im Lauf der glitzernden Äonen Myriaden Wunderwelten, Räume und Behältnisse erstehn, die Meines Wesens würdig sind und Meinen Stempel an sich tragen. Das heisst, Ich rühre sie von innen an mit geisteskräftigem Befehlen, dass sie aufblühn, wachsen und wahrhaftig sind ein Abbild Meiner selbst, hochgezogen aus dem ewig Schönen. Schöpferfreude will Ich nennen, was den Sinn zur Tat bewegt, ein überbordendes Gewitter von Ideen, die sich etablieren wollen in der Wirklichkeit der Weltenharmonie.

7.4

Ich mute Mir das alles zu, als hätt Ich eine offne Rechnung zu begleichen; dennoch bringt Mich nichts aus Meiner Ruh in des Allwirkens aber-

witzigem Zeichen. Überragender von eignen
Gnaden nenn Ich Mich in Meines Seins unendlichem Vokabular und Ich eile, teile, weile
brüderlich, wo Meines Geistes Sinnspruch wunder-
tätig war.

7.5
Weihe ans Unendliche geschieht in jeden Herzens
wohlbehütetem Mysterium, sowie es sich dazu
entschlossen hat, das Offensichtliche und Manifeste für ein Weilchen aufzugeben, um in wohl-
bedachtem Innesein des Lebens Sinn und Süsse zu
erlauschen. Da kann dich dann das Altgewohnte,
Hergebrachte nicht mehr daran hindern, dich einem
Unbegreiflichen zu öffnen und zu nahn, das Ich dir
Bin und das Ich mit unendlich feingefühlter Akribie
auf immer neue Weise zu beschreiben suche.
  Was das Erdgeborne an Mir ist, muss Ich wohl
weiter nicht erwähnen, hingegen ist das Geist-
gefügige in Mir unendlicher Beachtung würdig und
verlangt ein hohes Mass an Seelensensibilität, um
es begreifen und gebührend estimieren, akzeptieren und beglaubigen zu können in des Lebens
Qualität und Flor.
  Kannst du's nun ermessen, wie verwandt und
figalant Ich allem eingeboren Bin, was ist und
wessen Geistesunbekümmertheit, Standarte und
Genie Ich vor dir präsentiere. Somit kannst du nur
dem Lob verfallen und der Freude über die
herzinnige Entdeckung, die dir ist geschehn. Eine
Labsal ohnegleichen trägt sich deinem Dich-
Erfühlen an in solchem heiligen Momente und
begeistert dich im Nu. Du lässest dich von Mir mit
Sinnkraft, Harmonie und Seelensicherheit begaben,
die ohne Zweifel von des Himmels Leuchtkraft,
Liebenswürdigkeit und Hoheit zeugen. Überzeugt

und freudig hüpfst du in Gedankensprüngen dem unendlich Wonnevollen zu, das vor dir aufblüht und dein sinnendes Gemüt mit der Holdseligkeit Elysiens erfüllt in heiligmachender und wundertätiger Manier.

7.6

Könner sind, die sich mit dem befassen, was da ist und nimmermehr mit dem, was nurmehr scheint zu sein in seinem tückischen Erscheinen. Demnach ist nur wirklich das Ich Bin, das sich als eines kennt und dem sich alle Himmel und Gewalten, Hierarchien geistigen und weltlichen Formats und damit auch die Engel, wie die Menschenvölker, beugen müssen.

Zugleich aber halte es für wahr, dass du aus eben diesem Grunde in der letzten Konsequenz und Definition von deinem Wesen nur das eine ewig seiende Ich Bin sein kannst, mit dem sich dein Bewusstsein identifizieren und aufs Innigste vermählen soll in wunderbar getragenem Entfalten. Dein Sein im lauschenden Gemüte zu erkennen ist die allerwerteste von deinen Taten, über Generationen deiner Leiblichkeit und Geistigkeit gesehn. Bist du je im Glück geschwommen, schwimmst du jetzt allwie zum ersten Mal, ob der Entdeckung deiner Gottesebenbildlichkeit, die aller Logik Anfang und Bedeuten in sich trägt und dich befähigt, gegen alle Widerstände von dem Standpunkt der Allherrlichkeit und seinsglückseligen Bestimmtheit nimmermehr zu weichen.

Ich taufe Mich mit Licht von eignen Gnaden, darfst du dir begeistert und beglückt ins lauschende Gewissen sagen. Was Ich Bin, ist universenweit dasselbe Agens der vollendeten, unendlich angelegten Geistnatur, von der Ich unablässig zehre. So ist denn Meine Wissenschaft in eins verschmolzen mit der Wissenschaft der Sterne, die von überragendem Befinden und Empfinden zeugt in liebelächelnder Manier.

Wer spinnt denn da Gedanken? Ich, doch sind sie schon ein Abglitt ins Unwirkliche und sind damit vom reinen Sein verschieden, das Ich Bin und das sich seiner Weiselosigkeit und Unerklärlichkeit, Erhabenheit und allerletzten Würde rühmen darf in heiligem Frohlocken und in immerwährender Geselligkeit mit seinen Geistestaten.

7.7

Blaues Blut in deinen Adern bringt noch lang nicht die Berechtigung zum unloyal und störrisch sein in Herrscherattitüde. Meines Geistesbluts Gerinn hingegen birgt des Allseins Attitüde und veräussert sich in unzählbaren Variationen von Gerecht-und-Liebenswürdig-Sein, verständig und loyal, bis zu den lächerlichsten Unbeholfenheiten, wie Geständnissen der eingebornen Herrscherqual.

Nur, dass du einsiehst, welch umfassendes Potenzial Ich in Mir trage und welche Chance dir gegeben ist, aus allem nur das Gute auszuwählen, dass es dich beglücke und dir Freisein zugeselle von Bedrängnis, Not und Qual.

All so machst du dir das Recht zunutze, immer höher aufzusteigen, bis zum Stand des reinen Seins in richtungweisender Manier, desgleichen in des Einsseins wunderbarer Übereinkunft mit Mir und den Meinen. So Bist du denn am Ende alles, was du auch am Anfang warst und vereinst in dir die Lauterkeit der Sterne, die von A bis Z Bestandteil sind Meiner Domäne und Gewissenhaftigkeit im sakrosankten Pläneschmieden. Du kommst Mir nah im Zuge der Reform, die Ich mit allem, was Ich Bin, beständig in Mir hege. Weiten soll sich, was beengend und beängstigend war: die Hungermünder sollen Fischen lernen, dass sie selbander dann die Früchte ihres Tuns geniessen können; den Heilenden gereiche ihre Kunst zum unerschöpflichen Bereichern ihres Weltsystems und den Gerechten falle Meine zärtliche Bewund'rung in den klug gewordnen Schoss.

Wer sich so des Seins Geflüster und Gebot zunutze macht, gesellt sich zu der Reihe der Verständigen am universenweiten Werk, das Ich voll Inbrunst, Sachverstand und Siegessicherheit in Szene setze. So bist du Mein im Sinne des gestaltenden Elans und der Geschwisterliebe, die allem Hochentwickelten zutiefst zugrunde liegt. Die Qualitäten deines Auftritts sind fürwahr im Zuge der Äonen von den Meinen nimmermehr zu unterscheiden.

Dass Ich dir durch dick und dünn die Stange halte, brauch Ich kaum noch zu erwähnen. Aber dass Ich liebreich, huldreich und gediegen über deinem Haupte Mich verbreite, soll dir noch gesagt sein, eh du Abschied nimmst mit dem Vortrefflichen, mit dem Ich dich belehre. Das aber ist und bleibt dein Herzensglückes Gegenstand und deiner Seinsbeseligung Gewinn für alle Zeit in Lieb und Treu, Geduld und Sitte, Anmut und Ergeben in die Göttlichkeit von Welt- und Himmelssphären.

7.8
Weisheit säen, Liebe ernten und die Zeit aufs Angenehmste zu versinnen, ist Mein Ideal, allwo Ich Bin und Ewig-sich-Verwandelndes kreiere. Lauterkeit und Generosität in jeder sprossenden Gedankengrille sind vonnöten, um ein Weltbild zu erschaffen von bewundernswert verträglicher Natur

und sagenhaftem Charme in allen Daseinsregionen.

Goldes Wert ist jedes Meiner Schöpferworte, weil
Ich deren Wirkung ellenlang vorausseh in der Kunst
des Disponierens und Agierens, wie es einem
Meister zugehört. Mir ist alles ein bezaubernd
graziöses Spiel der glänzend vorgebrachten
Variationen Meines sinngeladenen Bedenkens. Ich
forme und verforme nach Belieben, bis das Werk in
unnachahmlicher Grandezza, Liebenswürdigkeit
und Würde dasteht, als von Mir ein Zeichen und von
Himmelsgnaden ein Beweis unendlicher Geschicklichkeit im gütestrahlenden Azur.

Wesentlich ist, dass Mein Netz sich nie verfange
beim Gedankenfischen und Mein wunderbar
gesättigtes Gefühl stets Milde walten lasse in den
Seinsgemächern, die Ich Mir zum Aufenthalt
erwähle. Denn Meines Seins Devise lautet: alles sei
so licht und leicht, bezaubernd und berückend
schön, wie man sich Feenhaftes vorstellt mit
herzinnigem Genügen. So fügen sich die Dinge
Meiner Wahl zum Lichtreich der Unendlichkeit
zusammen und gefallen sich in nie verebbender
Natürlichkeit, Bescheidenheit und Harmonie in Mir.

7.9
Widersprüche aufzulösen, heisse Ich Mich in Mir
selbst willkommen und erkläre Mir das aller-
würdigste Geheimnis, das Ich Bin und das die
Wurzel bildet Meines Existierens. Es ist, dass Ich
Mich hier im reinen Sein befinde, wo alle Werte in
dem Einen, Hochgebenedeiten, der Ich Bin,
vereinigt sind und sich Mir unvermittelt zeigen.
Somit löst sich das Bedürfnis, Mich Mir selber zu
erklären, in der allerreinsten Minne des Erkennens
auf, von der Ich bis in alle Ewigkeit begeistert zehre.

Nun zu dir und deinen Auferstehungsvisionen, denen Ich Gehalt, Wahrhaftigkeit und Seelenkraft verleihe. Sie bereiten dir den Weg zu Mir und Meiner Attitüde der vollendeten Gerechtigkeit am Sein und Leben in der Weise des Verklärens deiner Ansicht von dir selbst und deinen bis zum Geht-nicht-mehr gesteigerten Ambitionen. Es geht darum, sie alle loszulassen für Momente meisterlichen Dich-Besinnens auf das Eine, das du Bist und dem sich alle andern Attribute deines Wesenseins zu fügen haben. Erhalte dich im schweigenden Betrachten dessen, was du damit als Inbegriff des Guten und Erstrebenswerten vor dir siehst in freudigem Erbeben.

7.10
Ein Weckruf ins Unendliche wird von Mir ausgegeben an alle, die ihn sehnlich suchen und ihn freudestrahlend als beträchtlichen Erfolg verbuchen. Lass nie ab davon, der Gottesgrille nachzujagen, die dich immerzu umschwirrt und dir gefälligst will den Weg ans Ufer der Allherrlichkeit und hundertfachen Herzenswonne weisen. Nimm endlich wahr, wie attraktiv und leistungsstark das Ewige dich umflutet und umflort und wie es deiner Seele gnädig ist in wunderbar gediegner Diktion und ausgesuchter Höflichkeit im tatenfrohen Insistieren. Recht einfach ist die Seinsgeselligkeit mit Mir zu finden, wenn du voll Inbrunst nach ihr ausgehst und dabei dich selbst vergissest in der Schau, auf was Ich Bin in aller Weltenmajestät und Traulichkeit im Liebesbund mit allem, was da ist und ohne seine Abkunft zu bedenken.

Leistest du dir das Verbundensein mit Meiner Kuriosität und seelenvollen Seinsstruktur, erfüllt dich ein unendliches Behagen an der Welt und am

Bewusstsein der Allherrlichkeit, in das du ein-
gefahren. Du begreifst, was es bedeutet, heil und
frei und friedevoll zu sein in einer Daseinspoesie
von nie verblühender Ergiebigkeit, Wahrhaftigkeit
und Götterherrlichkeit im Reiz der sich versum-
menden Äonen. Du trachtest nach Erfüllung: Hier ist
sie getan. Du traust dich, einzutauchen in die
Sphären Meiner geisterfüllten Grossmanier und
siehst dich allsogleich von Meiner Liebenswürdigkeit und Zärtlichkeit des Seins umfangen. Ich
weise dich Mir zu mit jeder Geste Meines Mich-an-
dich-Verspielens, um schliesslich in dir zu
erwachen, als der eine, unergründliche, glückselig-
machende und weise Sieger im geistdurchlichteten
Allhier.

7.11

Lethargie ist nicht am Platz in Meinem Mich-
Begründen, denn unerschöpflich ist der Kräfte-
schwall, der Meinem Sinn und Geist beständig zur
Verfügung steht in mustergültigem Gehorchen.
Daraus folgt, dass Meiner Werke Übermut und
Resonanz sich im Äonenlauf, wie Sand am Meer,
vermehrt und noch ein jedes Wesen Meines
Schutzes und Beförderns ganz gewiss sein kann
auf seiner benedeiten Lebensbahn.

Was ist Gewinn an Selbstbewusstheit und
Erfahrung, wenn nicht dieses fortgesetzte Aus-dem-
Vollen-schöpfen-Können, dem Ich Meine Macht
verdanke, Meine Nonchalance und Mein unendliches Mich-selbst-Bewahren. Kein Hilferuf erschallt
im Raum, der sich nicht zärtlich schmiegte in Mein
lauschendes Gehör, worauf Ich ihm Beachtung und
Betreuung, Linderung, Verständnis und Erhörung
schenkte in des Götterherzens unvergleichlich
liebevollem Stil.

Nun sage Mir, ob du das weisst, weil du's erfahren hast im Schlachtruf deiner Tage oder ob das Ängstliche und Unentschiedene noch überwiegt in deiner angeregten Filigranstruktur. Wen sonst als Mich kannst du erweichen mit dem Gruss der Freundlichkeit im Gluthauch deiner Sorgen. Wer anders wendet sich dir tröstend und begütigend, galant und heilsam zu, als Ich in Meiner gloriosen Weise, alle Lebensrätsel aufzulösen und die Betroffenen dem Sein im Licht und in der Wahrheit zuzuführen.

Hüte, was du weisst, sag Ich dir an in deinem Herzgefühl und traue Meiner Seinsvertrautheit mit der deinen. Es ist die Lebensliebe, die dich führt in Mein berückendes Empfinden.

7.12

Kopf an Kopf auf gleicher Fährte sollst du mit Mir durch die Ewigkeiten rennen, seiend ohne Wiederkehr. Lachen, tanzen, singen, springen, will Ich ob dem Wissen, dass in Meinen Kräften Gotteskindschaft sprüht. So vermag Ich denn im Bunde mit den Urgewalten alles, was Ich wahrhaft will im selben Drange wie der Ihre. Lauterkeit der Absicht und des Herzens sind vonnöten, um dem Ewigen gemäss zu überlegen und zu handeln, mitten im Äonenstrom. Das ist würdig, das ist recht, geruhe Ich an Gottes Statt bedächtig zu erklären. Ich fordere dich auf, demselben Ratschluss der Gedanken nachzuhängen, um gewappnet und gestillt in des Unendlichen Gewähr und Pflicht einherzugehn.

"Nicht Ich der Kleinliche, doch Ich das Grandiose", hör Ich dich intonieren in der ewigen Jugendkraft des Seins, die begeistert soll in dir zum Meisterzuge kommen. Denn alles, was du solcherweis bewegst, ist akkurat von Mir bewegt und gründlich überlegt in allen Variationen des erhabnen Mich-Verspielens. Lächelnd lass Ich Meines Sinnspruchs Sagenhaftigkeit in alle Weiten fahren Meiner Huld und Schuld am Weltgeschehn. Ich zeichne Seinswahrhaftigkeit und Virtuosität, Brillanz und Seinsbewusstheit in die Sternenregionen. Von ihnen rührt, was dich betrifft in deinen erdenwandlerischen Taten. Bis ins Blut bist du an ihren Lauf und ihre Herrlichkeit gebunden und darfst dich dennoch, als in deinem Geistgebiet, ganz frei und unbeschwert erfühlen.

Ich liebe es, konkret zu sein und du bist ebenso dazu berufen, dich bestimmter zu verhalten in des Geisteswallens Druck und Zug, Gewissenhaftigkeit und Hilfsbereitschaft für die Vielen. Deiner Strahlkraft anempfohlen sind die strebenden Gemüter deines Weltseins im Allhier und ihrem Schicksal ist das deine wesenhaft verbunden, lebelang durch viele Inkarnationen.

Dein Lebensreim soll immerzu in Meine Richtung und Gewähr fürs Übersinnliche tendieren. Kraft Meines Daseins soll auch dir der Mut erwachsen, mit Gedankenschärfe und Bewusstseinsklare in das Universenweite vorzustossen, um es in bewussten Geistesstössen zu erobern und dein wahres Selbst in ihnen gegenwärtig und erwacht zu sehn. Hier ist alles lichte Heiterkeit, verehrenswerte Harmonie und blütenreiner Frieden. Einigkeit im Willen nach gerechtem Tun und wunderbare Sanftmut der Gemüter lassen alles, was da ist in makelloser Schönheit, Liebenswürdigkeit und Lauterkeit erstehn. Selig ist, wer sich hier findet und beglückten Sinnens das Sich-selbst-Verrieselnde der Zeit erfährt. Sein ist alles, ist bewusstes sich als Wesen wundervoller Unbescholtenheit und Grazie des Himmels, Reinheit und Holdseligkeit Erfühlen.

Absolute Stille macht das Sein hieroben wahrhaft gross, und die Ersten, wie die Letzten dürfen sich darin in absoluter Wunsch- und Weiselosigkeit begreifen. Das ist, weil sie in Mich versunken und in Mir vereinigt sind zu einer Schau der göttlichen Allherrlichkeit von überragender Brillanz und Güte, Fülle, Wonne und Glückseligkeit im tätigen Beginnen und Vollbringen aller Dinge im Allhier.

7.13

Minnesang am Rande göttlicher Gewähr für unbedingte Treue allem Weidenschlanken, Zarten gegenüber, das Ich Bin in des hohen Herren Zaubergarten. Froh und heiter fang Ich an und freudig will Ich auch beschliessen, was gemeint ist dem Allhöchsten gegenüber, das Ich selber Bin in wunderbarer Eintracht mit den Wesen, Mächten und Gewalten, die mit Mir am selben Schöpfer- stricke ziehn.

Es ist so schön, zu schwelgen in Begeisterung, Wahrhaftigkeit und Wonne von dem Dasein in den Geistessphären, die im Überall vorhanden sind und ihm Bedeutung, Glanz, Verbindlichkeit und Grazie verleihen.

Das Dem-Ewigen-Gerechtsein ist so süss, wenn Ich bedenke, wie viel Minderes noch an Mir hängt in hunderttausend Variationen und Verstiegenheiten. Das generiert den ungestümen Drang nach Klarheit über Mich und Meine Angelegenheiten, über das gesamte Spektrum Meiner zierlichen Versuche, Mich hinaufzuschwingen in erstrebenswerte Höhen. Wo Ich reüssiere, füllt gediegner Herzensdank Mein Fühlen und die Glöcklein der Glückseligkeit be- läuten Mein erwartungsvolles, inneres Gehör. In Offenheit und gläubigem Gewisssein anempfehle Ich Mir die Geduld des Herzens, die es braucht, um reiner Gottesrede würdig und begabt zu sein in langgedehnten Zügen. Ich akzeptiere, was Mir frommt und feiere mit wachem Sinn das Überragende, das Mir geschieht und das Ich immerzu in Meines Wesens Wallkraft trage.

Es ist der Kosmos der Gedanken, der das Seelenhafte sicher und gewandt durch alle Fährnisse, Verlockungen, Strapazen und Behinderungen führt durch die Äonenlänge ihres Daseins in allgöttlicher Manier. Ich Bin, klingt es in ihrem Sich-Begründen und Ich werde immer sein, ist die erhabenste Erkenntnis, die ihnen in der Stille der Gestilltheit zukommt, richtungweisend, makellos und wahr. So ist es denn gegeben, dass das Leben und Empfinden dem Allgeistigen, als das Ich Mich erkenne, zugehört und dass das Körperhafte nur ein Schatten ist vom ewigen Weltenlichte, das in Wahrheit dominiert und allem, was da ist die Benedeiung bietet, die ihm, als von Mir geschaffen, auch gebührt.

Eine Weile noch und du wirst die Allgüte recht verstehn, mit der Ich universenweit Mein Sein regiere. Du Bist es und scheinst du's zu vermissen, sag Ich dir voll Freundlichkeit auch das Erinnern an, das dich zu Mir und Meiner Attitüde, Meinem Charme und Ministerium zurückführt in der grandiosen Schauung, die Ich dir in liebevoller Art gewähr.

So sei's und so erwarte du das Seinserwachen in den Wundern deiner Tiefen und in der sagenhaften Äusserung, dass du dir Bist das allumfassende Bewusstsein von der Meisterschaft und Glorie der seinsbeseligenden Gottestaten.

7.14

Kontinuierlich und gekonnt und mit unendlicher Geschmeidigkeit verrieselt sich die Zeit in gottesgründlichen Äonen. Das gibt ein Bild unsäglicher Strapazen und Errungenschaften, von fieberhaftem Tun und schicksalsträchtigem Bleibenlassen. Eine Schau bricht vor Mir auf, als wäre Ich in allem selber drin gewesen mit unendlichem Gefühl und Willen im Geleit genial gefächerter Inventionen. Das macht, dass alles Sinnenfällige gekonnt und seinssubtil, reichhaltig und beständig seinen Platz gefunden hat im virulenten Weltgetriebe.

7.15

Bei Mir, bei dir ist Christus alle Tage nun in liebevollem Sich-Verstrahlen. Seine Hilfe lässt die Menschen, die Ihn suchen, sicher in die Geisteszukunft schreiten. Weder Stillstand noch Verhärtung, weder Luzifer noch Ahriman sind fähig Christi Herzlichkeit und klare Diktion zu überwinden. Folge Ihm und du wirst alle Fährnisse des Schicksals unbeschadet überstehn. Erkenne Seine Weltenvision und deiner Freude wird kein Ende sein darüber, dass durch ihn die Menschheit wieder ihrem Gottesziel entgegenflutet.

Sein vom Sein bist du, will Christus dir ins Herzblut sagen, Samenkorn für eine neue Welt in kosmischer Dimension. Du Mensch, sollst künftig nur das Gute noch gestalten und dich auf der Bahn von Christi Mass und Ziel bewegen. Reiner Absicht folgt das unbescholtene und makellose Sich-Verhalten. Dein Gewinn an Menschengöttlichkeit ist grenzenlos im Einen, das Er generiert, wie in der Seinsbeglückung, die Ihm eigen. Sei und sieh den Wohllaut der Allherrlichkeit und Gottesliebe dich umweben. Wandle treu und heldenhaft im Lichte, das du vor dir siehst und sei gerettet ins unendliche Beleben.

7.16

Eine sonderbare Jagd bricht an, nachdem Ich Mich noch bis zur letzten Konsequenz an das Vereinzelte vergab. Es ist der Drang nach dem Alleinen, der Mich auf neuer Fährte zu Mir selber führt in wunderbarer Selbstverständlichkeit und sakrosanktem In-Mir-selbst-Erstrahlen. Was immer Einung schafft in allen Welten und Bezügen, Lebensqualitäten und Verirrungen, ist Mir genehm und bringt den Plan voran, den Ich voll Herzlichkeit gefasst und Meinem Sosein eingemittet habe.

Richtungweisend und zutiefst beglückend ist, was solcherweis ersteht in Meinem Mich-Begründen, wie in der neuen Art, Ich Bin, zu Mir zu sagen. Hier ist Unendliches mit im Spiel und demnach darf Ich Mich getrost als unvergängliches und geistgewisses Sein und Wesen fühlen.

Darin liegt nun wirklich alles, was man sich denken kann, an selbstbewusstem Handeln, Tugendhaftigkeit, bedeutungsvoller Wachheit im Allewigen, wie am glückseliges Freisein in den Göttersphären, denen ich geweiht Bin mehr und mehr. Myriaden mögen Unlust zelebrieren, Ich Bin Mir sicher, dass Ich immerzu Geschmack am Dasein finde, der Mir aufhilft und Mich Zusammenhänge schauen lässt von unübertrefflichem Gehalt und von der Grazie des Himmels hocherhaben.

7.17

Wo der grosse Unbekannte thronet, herrschen Frieden, Licht und Ruh. Wer die Wahrhaftigkeit des

Seins bewohnet, gehört hier freudestrahlend noch dazu.

Bist du deines Seins gewiss, so kann dir letztlich nichts mehr schaden. Denn wer soll es unternehmen, sich dem Allerhöchsten gegenüber als gewappnet hinzustellen, um ihm auch nur das geringste Unheil zuzufügen in der Tage Wogenei und Seinsnatur.

Ich Bin, ist die Devise des Allherrlichen und Ich erfahre zeitig alles, was es zu erfahren gilt, um niemals überrascht, geknechtet oder ausgetrickst zu werden. Das Mahnmal Meiner selbst Bin Ich in allen Regionen Meines Welterscheinens und besänftige das Aufgebrachte wider seinen Willen, um dem Herzensfrieden - Wegrecht, Vortritt, Ruhm und Grazie zu vergeben.

Was Ich Bin, magst du geflissentlich und unbeschwert auch sein in der Erkenntnis deiner selbst als hochgebenedeites Götterwesen, das Tag für Tag Substanz gewinnt und seiner Dominanz gemäss im Sinn der Einheit allen Seins agiert.

Der Lauf der Welt wird denen allermeist zugute kommen, die ihm vehement und voller Zuversicht entgegengehn. Was klingt da besser in die Ohren als Mein Ruf: Du sollst dich ungeniert und treulich an Mich halten, mitten in der Widersprüchlichkeit der Szenen, die das Leben dir beschert. Denn auf Gott vertrauen heisst, ihm einen Ehrenplatz in deinem Inneren gewähren.

7.18
Brandneu ist alles, was Ich dir besage, von den höchsten Höhen hergeholt, um deine Seele zu entzücken und dein Herz in Seligkeit erblühn zu lassen, ob dem Wunderbaren, das sie solcherweis erfährt. Gerade jetzt sollst du erfahren, wie geläutert

und galant Ich Mich in Meinem Sein erfühle, wenn Ich ohne jede Absicht einfach Bin und in der Benedeiung Meiner Geistnatur voll Anmut und Bescheidenheit im Ewigen verweile. Liebeszart und heiter sind die Hoffnungen, die Ich für alle Meine Zukunft hege, unverbraucht und strapaziergewandt die Kräfte, mit denen sich Mein Wesen immerzu versehen sieht. Ich lausche und gewahre Meiner Stimme Macht wie fernes Donnerrollen über allen Horizonten Meiner Welten, die Ich Mir zu Lust und Liebe nonchalant erschuf. Seidenweich und tonnenschwer sind die Gedanken, die Ich über alle Lande hin in bester Absicht und Gewissenhaftigkeit mit Sein verseh.

Was noch immer dürftig ist in seinem Sich-Verwundern, kleide Ich in Meiner Herrschaft über-schauendes Gewissen, um es Mir zum liebe-lächelnden Gesellentum hinaufzustilisieren. Ich mache wahr, was du dir je in Einfalt oder Raffinesse, Melodienleichte oder Resignation erdachtest und beschreibe, was du immer schriftlich dir er-wünschtest, in bedeutungsvollen Lettern, um es dir auf ewig zu erhalten, als Gewordenes in meister-hafter Kür.

Beginnst du endlich und erfinderisch mit Mir zu rechnen in der Tage Brunst und Seins-begünstigung, so kann Ich dir vom Wohllaut der Unendlichkeit in aller Güte und Gelassenheit, Erfahrenheit und Daseinsfreude was erzählen. Es ist ein anderes, statt aus verseuchten Tümpeln, aus dem vollen, silberhellen Meer der Makellosigkeit zu schöpfen, um das zu nähren und verwirklichen, was eben ansteht, Leben und Gewissheit, Liebens-würdigkeit und Grazie zu gewinnen, als in Meiner, deiner Hand, so wie du's immer willst in wacher Euphorie und genialer Würde des Gestaltens, rosenmorgen-licht und wunderschön.

7.19

Sowie Ich Mich in deine Seele strömen kann, verwandelt sich dein Sein in eine Wohnstadt reinen Friedens, als von Mir mit strahlender Bewusstheit, Grazie des Himmels und Glückseligkeit erfüllt in wunderbar besänftigenden Graden. Das lässt dich hoffen auf ein hocherhabenes Zusammenspiel von Kräften des begeisternden Elans am Sein und Leben, das im Göttlich-Geistigen begründet ist von Mir. Damit aber schaust du aller Welt Getue mit ganz andern Augen an, als es dir vordem zugedacht und gnädiglich von Mir gestattet war. Es weht ein Singen der Holdseligkeit durch dein Gemüt in nie gekannter Zärtlichkeit und Gottesminne, als ein Zeichen allergrösster Huld, von Meiner Seite hingegeben.

Mangelnde Einsicht und Gewissenhaftigkeit lässt allzu viele noch an ihrem Schicksal einen Dornenweg empfinden, der von einem Ungemach zum nächsten führt und ohne Aussicht auf begütendes und liebevolles Enden. Ihnen allen wende Ich Mich mit Bedacht und Herzenssanftmut zu, um sie zur Ansicht zu erwecken Meiner Herrlichkeit im Geiste, wie der Lebensformen, die Ich akkurat in allen Seinsverklärten pflege. Das ist dann die Wende zur Geburt des Ewigen in ihrem Weltsein und Gemütsgewoge, das in allen so Geführten wie ein süsser Donner der Erlösung wirkt und sie in ihrem wahren Sein bestätigt wunderbar.

Wohlan denn, liebe Seele, atme von Mir wohlbegründet und gediegen Himmelsluft und aller Mächte Friedefertigkeit darin. Denn sie ist Meine Zierde und Mein allergrösster Wohlverstand, den Ich wie Sonnenliebesglut um Mich verbreite, zärtlich, tröstend und ergreifend, ewig licht und wahr.

7.20

Woran Ich Mich erhebe, ist das Eigne von des Seins erhabenem In-sich-Verweilen, das Grandiose in dem Kleinkarierten, wie das Lebenstüchtige inmitten des Verzweifelns und des Zweifelns Pool. Mir ist es klar, worauf es ankommt in dem hochgeschnellten Firlefanz der Lebenstage. Meine Weichen sind gestellt auf das Vollendete und Vielgepriesne hin, das Ich Mir Bin in heilig heiteren und sakrosankten Meisterzügen. Ich will der Wolle nicht entbehren, die Mir nach der Schafschur zusteht in des Daseins Kauderwelsch und Zitterspiel. Meines Herzens Weltgewandtheit führt Mich immer inniger zu Mir selbst zurück, wo Ich den Frieden finde und die göttliche Gewähr für Seinsglückseligkeit und Sitte, ewige Jugend, Geisterfülltheit und All-Einheit mit dem Allerhöchsten.

Ich Bin nicht klug im Weltensinne, aber weise im Erfassen jeden Augenblicks, der Mir als ein Tropfen Ewigkeit zu Lust und Liebe, Güte und Gelassenheit dahingegeben. Ich spinne seidenweich Gedankenwonnen in den Äther Meines Seins und Mich-Verschwebens und erreiche so die Lösung der berühmten Quadratur des Kreises, schlank, geschmeidig, glorios und siegesfroh.

Nenne Mich Geschöpf der Andacht, Inbegriff der Lauterkeit, Vernünftiger und Universenfürst: du wirst es immer richtig treffen, treffen auch in dir, wo Ich Mich eingemittet und entspannt, für gut befunden und fürsorglich eingerichtet habe.

So fällt, was immer kommen mag, in Mir auf heilen Boden und trägt reiche Frucht des Seinserfahrens, wie der Wonne an der Liebenswürdigkeit des Alls, die Mir von Mir zum Trost und zur unendlichen Erbauung mitten auf den Weg gegeben. Ich atme auf, verscheuchend alle Schatten, öffne Meiner

Seelenaugen Zirkular und finde Mich voll Seligkeit im Ewigen wieder.

7.21

Wohlfahrt und Gediegenheit des Himmels prägen Mein Bewusstseins Attitüde bis zum letzten Winkel einer Schau von überragendem Bedeuten. Was Ich immer will, dem ist Erfüllung und allherrliche Bestätigung beschieden. Was Ich von Herzen sanktioniere, trägt das Siegel seinsvollendeter Bravour. Kein Blättchen raschelt unter deinen Füssen, ohne dass Ich's allsogleich in Meinem Allsinn haargenau vernehme. Nicht der geringste Frevel wird, unwissentlich für Mich, getan, weil Ich Mich selbst in jeden Menschenwesens Sinnkreis und Natürlichkeit gegossen. Nun sage du Mir an, ob du das weisst und als erstaunenswürdiges Gewissen trägst in deinen Seelengründen, denn eines göttlichen Bewusstseins Kraft und Überragen macht dich frei und feit dich vor jedwelcher feindlichen Zäsur. Solang du Mich erkennst als deiner Mitte Ratschluss und erbaulichen Befehl, kann dir nichts Ungebührliches geschehn.

Deinem Glück des Zeitlichen und Ewigen ist auch nicht das Geringste mehr hinzuzufügen, wenn du Mich als Kenner deines Seins in dir erlebst und danach handelst, unbedingt, vertrauensvoll, weltoffen, liebevoll und wahr.

7.22

Richtlinien setzend wandle Ich im Geistgebiet umher der Menschenvölker und vergebe Mich damit bewusst an sie. Mein engelhaftes Dasein lässt es zu, dass Ich die Ätherweiten überschaue, die erfüllt sind von dem Wesen der Gelehrsamkeit und Sitte, die die Menschen alle noch so nötig haben. Willst du weise sein, so hör auf ihren Ruf und willst du hören, so werde selber stumm, ehrfürchtig und bescheiden vor dem, was sie sind in ihrem überird'schen Blinken.

Lass es dir gesagt sein, dass gar manches dich umwebt, von dem du einstens keine Ahnung hattest. Doch derzeit macht es sich bemerkbar, indem du an es denkst und seine Wesenzüge dich beseelen.

7.23

Wohlfahrt, Heiterkeit und Frieden prägen Meinen Sinn in allen Weiten Meines seinsgeschichtlichen Erlebens. Ich nehme wahr, was Ich Mir Bin in einer Wachheit sondergleichen und kredenze Meines Zustands Regel und Beschwingtheit allen, die da sehen, fühlen und sich selbst erkennen mögen. Es trifft sich gut, dass alles, was Ich so erfahre, dem entspricht, was Ich als Menschen-, Götterwesen sein soll in den Sphären Meines Seinserlebens, denn das Erhabene und Würdige in Mir will sich für alle Zeiten überragend und gelassen auch erhalten.

Frägst du dich, wie kann Ich diesen ehrenvollen Zustand auch erreichen, sag Ich dir aufs Mal: Es muss die absolute Stille der Gedanken und Gefühle in dir walten, damit dein Wesen sich durch Inspiration und Heiligung verwandle, unablässig und gediegen Meinem zu. Ich dränge nicht und will auch nichts erzwingen, denn was du in deinem Sinnkreis unternimmst, soll in der Lauterkeit der Liebe und in freiem Wohlverstand geschehn. Was immer Ich dir in Gewogenheit und Seelenkraft zugute halte, ist ein Herzensangebot, aus einer Welt der Harmonie, der Götterherrlichkeit und Geistigkeit von allerhöchstem Wert und strahlender

Wahrhaftigkeit gezogen. Du magst es akzeptieren oder nicht, Es ist und hört nicht auf, den Weltlauf zu verändern und zu stilisieren, einer wunderbaren Einheit und Gefälligkeit entgegen.

7.24

Wogende Felder der Zuversicht schau Ich im Äther der Himmlischen an. Alles ist freundlich und hebt sich und regt sich im Blühen, dem Kommenden zu. Wach im Unendlichen, darf Ich die Minne der schönen, himmlischen Geister lauschend erfahren. Was sie Mir sind, Bin Ich auch ihnen und reise dem einen und anderen glückstrahlend zu. Da seh Ich ein Werben um Klarheit und Reinheit im leuchtenden Wogen der Wesen, die in sich im Licht des Allherrlichen stehn. Wie könnten sie anders, als Ihn zu verehren mit frohen Gedanken und offenem Sinn.

7.25

Geist vom Geiste, Licht vom Lichte Bin Ich Mir in Wachheit und Gelegenheit, Mich durchzusetzen in der Weltentage gloriosem Sich-Verspielen. Ich entwerfe, was in jedem Fall zum Wurf gelingt in Meiner Hemisphäre grandioser Taten, denen man das Geniale zuerkennen muss von ihres Schöpfers Einfluss und Idee. Was spinn Ich nur Gedanken, hab Ich einst gedacht, wenn Ich doch Kräfte in Mir fühle, sie zur Wirklichkeit zu stilisieren. Doch in dem Moment, wo Ich sie festzuhalten suchte, da erstarrten sie und waren nur noch Schemen Meiner selbst und damit nichts mehr Wirkliches im Sinn des ewig Fliessenden und sich Verändernden im götterlichten Weltenspiel.

So magst du denn erkennen, dass im Geistgebiet allein Gedanken wahres Wirklichsein in sich und ihrem Wesen tragen. Deshalb sorge stets dafür, dass sie beweglich, inspiriert und damit fruchtbar seien für den Fortgang der äonenlangen Evolution, die Ich voll Herzensgüte impulsiere.

Es macht das Leben süss und froh, ein Göttliches in ihm und hinter ihm zu wissen, dessen schaffende Gebärde immerzu von Wohlgesinntheit und Erhabenheit, Bewusstheit, Wärme und Verbindlichkeit geprägt ist, dem Geschaffenen und sich stets Wandelnden entgegen. Du brauchst dich nicht zu wundern, wenn dir diese Ansicht hilft, Vertrauen in das Künftige zu haben und auf das zu bauen, was vom Kosmos in dein Wesen fliesst in wunderbarer Folgerichtigkeit und ebensolchem Wohlgeraten.

7.26

Ich kann Mich selbst erwarten am Limit, das schlussendlich in den Götterhimmel führt. Da soll ein glorioses Freudenfest die Seelen aktivieren und ihrem Drang nach Freiheit und Unendlichkeit, Gestilltheit und Gerechtigkeit Genüge tun. Warmherzig, aufgeweckt und kummerlos darf Ich darin, was Ich in Wahrheit Bin, erfahren. Es ist das Wesen der Unendlichkeit, das sich zu allem selber führt, wohin es Neigung, Wohlverstand und melancholisches Geflüster ziehn. Ich teile Meine Runden in Gesetze ein, die alles über jenen Weg besagen, den Ich ungeniert beschreiten soll, um ans ersehnte, allerletzte Ziel zu kommen. Nun sage du, ist das nicht weise und bedeutsam, linientreu und gottesfürchtig, wenn Ich Mich dem Unbekannten so vertrauensvoll und völlig unbeschwert vergebe? Ich weiss es, denn Ich durfte es erfahren und trage nun den Schatz der Aufgeklärtheit mitten im Gemüt, wo

Ich ihn hüte, wie die Mutter ihres neugebornen Kindleins Gegenwart, aufs Zärtlichste um Sorglichkeit bemüht.

So ist Mir denn in Himmelshöhn ein Pfand gegeben, das Mir niemand nimmermehr entwinden kann, ein Los der ewigen Freude an der Spur, die Ich gefunden und am Lebenswerk, das sich im einen, reinen Sein verliert und etabliert, um immerzu das Ganze, Graziöse, Grandiose, Lieb- und Gütevolle zu erfahren.

In der Welt soll sein, was wachsend sich zu Mir und Meiner Geistigkeit erhebt. Doch kann es dann nicht auch noch von ihr sein, denn Meine Züge sind bewusst und überragend, sakrosankt und seelenselig in das Buch der Himmelsweisheit und glückseligen Bewusstheit eingeschrieben. Komm, mach dir nichts mehr vor und folge Meinem Ruf des Pirol, der dich dir entführt und damit Meiner Glorie anheimgibt in den hochgerühmten und berühmten Göttersphären.

7.27

Keine Gegensätze bilden, warm und ruhig Welt und Überwelt betrachten als ein einziges Kaliber der Natürlichkeit, das Mich in geistesabenteuerlicher Grossmanier als Ursprung und zum Ziele hat, gedankevoll und wahr. Du sollst dir angewöhnen das, was ewig ist an dir, mit wunderbar geschliffnem Überlegen ebenso reell und wirkungsvoll zu sehen, wie das im Sinnensein sich Badende, das ohne deines Geistseins überragenden Befund ein Nichts ist im ereignisvollen Weltenspiel.

So wisse denn, dass Ich in dir die völlig unbescholtene und radikale Dominanz bin, die sich im Allüberall verbreitet und gehörig etabliert hat, wo es etwas zu erleben und zu sehen gibt im täglichen

Geraspel und Gerede. Wissenschaftliches ist gut, doch nicht, um Mir das Hintergründige und Sakrosankte zu beweisen. Ich dagegen brauche keine Zeremonie, um Meiner selbst gewiss zu sein im Äther der Allherrlichkeit, wie in der tonangebenden Allüre, die Mir von jeher zugehört. Makellos, feinfühlend, figalant und Grazie verströmend rausche Ich durch alle Zeit dahin, bedeutungsvollen Sinnens und markanten Generierens neu erfundner Wirklichkeiten in den Meinen, denen du und alle Wesen über dir und unter dir galant und rechtens angehören.

Ich balge Mich mit keiner Theorie umher, wie alles war und wie es bis ins Heute aus urferner Zeit heraufgekommen ist. Denn aller Evolution Geschiebe und Getriebe liegt Mir, als dem ewig Innewohnenden, in träfer Selbstverständlichkeit im Blute, so sachlich und zutiefst erlebt, wie's eben nur das Allumfassende erfahren kann in seiner Dignität, wie auch im grandiosen Königtum, das ihm beschieden.

Was kann dir deshalb nützlicher und angenehmer sein, als zu erkennen, was du Bist im Offensichtlichen, wie im verborgenen Salut und Sinngehalt von deinem Wesen. Melde dir: Ich Bin und mach es dir auf diese Weise zur Gewissheit, dass dein Ich im allerhöchsten Weltenzauberspiel unweigerlich das Meine ist im Jenseits und hienieden. Nicht foppen will Ich dich mit dieser prächtigen Novelle, sondern sicher machen in dir selbst und seinsglückselig noch dazu im Immergrünen, das Ich weihlich und gedeihlich propagiere. Halte du die Nase in den Wind der Göttlichkeit, von der du lebst und die in dich und alle seinen grandiosen Weltenplan gegossen. Meine dich ob dem, was du im rechten Sinne Bist und lass dir Meine Meinung wunderbarerweis zu Herzen gehn.

7.28

Kapitän der kollernden Gedanken Bin Ich Mir in Übereinkunft mit Mir selbst, als lächelnder Begründer einer Legion von Dichtern, Denkern, Wahrheitsuchern, Magistraten, Minnesängern und Propheten einer Hochkultur von Gottes Wellness und Kultur. Mon Dieu wirst du dir sagen, welche Grossmogulmanier kommt hier zutage, dessen Duktus Ich Mich beugen müsste offenbar. Doch du sollst nichts Gescheiter's tun, als dir Mein Innesein gehörig hinters Ohr zu schreiben, damit dein Auftritt unvermittelt Meinem angemessen ist im dichterischen Flair und der gottseligen Regie und Unverfrorenheit, die er versprüht.

Es geht nicht anders, als dass jeder Schöpfer - seines Werks Behüter und Betreiber, Richtungweiser und Beförderer in jeder Hinsicht sein muss, ohne jemals den Gedanken von ihm wegzuweisen. So geschieht es auch mit Mir, dass alle Meine Weltenwesen Meiner Zucht und Ordnung, Genialität und liebevollen Pflege unbedingt anheimgegeben sind in Meiner Eigenschaft als Sanctus Spiritus und Sponsor allerbester Gaben, die da sind: Bewusstheit von dir selbst, Beschaulichkeit in wunderbarem Einklang mit dem Sein der betenden Natur, sowie Beweglichkeit und wandelbaren Sinn in höchsten Graden. Nun wähle du, von welcher dieser Tugenden du sonderliche Gunst und Güte, Generosität und Förderung erwartest; dann treibe sie mit Vehemenz und mit der Glut des Herzens Meinem Sinnspruch und Vollenden zu.

Fette Jahre, magere und miserable wird es für dich geben, doch immer soll der Wimpel deines Hoffens hoch am Mast in Meinem Winde flattern und Mein Hochgebot erfüllen, das da heisst: Vertrau dir selbst und du wirst augenblicklich Mir vertrauen, der Ich in dir Bin der Bogen wie das Wurfgeschoss, der

Zauberer in Grossmanier, in der du Mein Geschäft, wie Meine Grazie des Seins vertrittst in wunderbarer Synergie mit allem, was wir uns zu bieten haben.

So erfüllt sich, was Ich meine und so mein' es auch dein Herz im glückerfüllten Innewerden Meiner Gegenwart und Meines Sanges, der betörenden, befreienden und geistesstrahlenden Unendlichkeit entgegen.

7.29

Einen Orden will Ich dir verleihen von der Würde, Majestät und Tapferkeit des Allerhöchsten, was sich denken lässt im Weltenkampf und Spiel. Denn das Erringen der Erkenntnis dessen, was du Bist, ist wahrlich einem Heldenepos zu vergleichen, das im Siege endet und damit in der Gottesschau von Meinem Glanz und Meiner Zärtlichkeit, wie Meinen überwältigenden Gnaden. Wie ein Gott wirst du gefeiert von der Riesenmenge derer, die sich noch nicht zu Mir durchgerungen haben. Unverstand wirst du erwecken bei den vielen, die beharrlich ignorieren, um was es wirklich geht in ihrem lebelangen Tändeln, Um-Verluste-Trauern und Die-Welt-der-Schlechtigkeit- Bezichtigen, statt selber gut zu werden, gottesfürchtig und global.

Was dich schliesslich rettet, ist die liebevolle Mission von Christus Jesus, die gezielt den Ausgleich schafft zwischen zuviel Erdgebundenheit und zuviel Himmelsstreben in der Evolution der Menschheit und des menschlichen Gemüts. Werde deines Seins bewusst, ruft dir die Geistwelt ständig zu und mache dich damit zum Meister über deine Triebe und persönlichen Verstiegenheiten. Erkenne, dass du eins mit allem bist und damit Erd und Himmel dir gehören, als die Elemente deiner

Zünftigkeit und Zucht, Gottseligkeit und Reife freien über dich Verfügens. Lass es dir gesagt sein, dass kein Augenblick vergeht, ohne dass Ich dir begütend und behütend beisteh in der grossen Wende, die du zu vollziehen hast in deiner Lebenssituation, die gleichkommt einer Neugeburt ins Ewige von Meinem Sinn und Sang und göttlichen Gehaben. Mach dich auf ins Stillsein vor dir selbst und vor dem Weltgebrumme und eröffne so dein Wesen Meiner Dignität und Meinem Einfluss, als dem Besten, was dir kann geschehn. Dann werden deine Züge Meinem sich aufs Innigste vermählen und es wird absolute Gleichgesinntheit herrschen zwischen dir und Mir, weil du ins grosse Einen eingegangen bist im Sein der Geistessphären, als im Ursprung aller Dinge und im Wesen der Allherrlichkeit, die sich im Weiselosen sonnt und in der Seinsglückseligkeit behütet, lupenrein und wunderbar.

7.30
Mysteriosum sanctum spiritum, was soll denn das besagen? Dass das menschliche Gemüt als fremd und seltsam, undurchschaubar und suspekt erachtet, was es nicht mit Händen fassen oder mit den Sinnen tasten kann. Mir hingegen ist das Geistige so geläufig, wie ein freudevoller Morgengruss an hellen, unbeschwerten Tagen, den die Menschen sich vergeben, ohne sich bewusst zu sein, dass schon dieser sich im Geistgebiet bewegt wie alles, was Gedanken und Gefühle, Willenskräfte und Begriffe sind, die unsere Sinne nicht direkt touchieren.

Doch sind sie ebenso, wie jeder zu sich sagen kann, Ich Bin. Er weiss es, ohne dass es ihm auf irgendeine Weise noch bewiesen werden muss und in genau derselben Weise wirkt im Unsichtbaren ein Imperium von Wirklichkeiten, das das Boden- ständige, Erstarrte haushoch überragt und damit sinngerecht der Ursprung aller Dinge ist, worin wir sind und leben.

Wie kannst du dir plausibel machen, dass ein Etwas existiert, das du nicht siehst in deiner Seinsorganisation? Indem du in der Stille des Betrachtens rigoros von allem absiehst, was du leiblich bist, um dann auf einmal zu gewahren, dass dein eigentliches Sein aus reiner Geistigkeit besteht in wunderbarem Einklang mit der göttlichen Natur. Du erkennst dich selbst genauso, wie Ich Mich erkenne und weisst zum ersten Male, was es heisst, das Glück des reinen Seins zuinnerst zu erfahren.

7.31

Einen gottgesegneten Moment darfst du erleben, wenn Ich dich überkomme mit der glorios gefächerten Erkenntnis, dass du Bist mit allen Attributen eines Wesens der Gottseligkeit in deinem Dich-Begründen. Mache auf und zu dein kluges Mündchen in des Staunens sagenhaftem Resumee vor soviel Eigenwürde und Bedeutsamkeit, mitten im Wirbel deiner weltlichen Affären. Da schwant es dir dann, dass Ich Mich in dir in purer Herrlichkeit und makelloser Meisterschaft manifestiere. Warm und köstlich, siebenzart und wunderwirkend ist, was Ich dir Bin im zauberhaft gewordnen Weltgeschehn. Es lösen sich die Schatten, vom erstrahlenden Bewusstsein kühn hinweggestossen und alsbald präsentiert sich deine Welt in einer Grazie und Gewieftheit ohnegleichen. Ich habe sie erlebt im Gleichmass der entzückenden Äonen, denen Ich Gevatter Bin und Bruder und Gewinst in einem und will sie dir als eine Herzensgabe schenken, die dich rundet und gesundet und erlöst und einhüllt in die Zärtlichkeit des Himmels sternklar, sanft und samten, wunderbar.